Der Mann im einsamen Land

Kate Langley Bosher

Writat

Diese Ausgabe erschien im Jahr 2023

ISBN: 9789359254791

Herausgegeben von
Writat
E-Mail: info@writat.com

Inhalt

ICH
ALLGEMEINES

Mr. Winthrop Laine warf seine Handschuhe auf den Tisch, seinen Mantel auf einen Stuhl, legte seinen Hut auf den Schreibtisch und blickte dann auf seine Schuhe hinunter.

„Durchnässt", sagte er wie zu ihnen. „Ich schwöre, dieses Wetter würde einem Tapley die Laune verderben! Zwei Wochen lang gibt es Regen, Graupel, Schnee und Dampf, um nach Hause zu kommen. Hallo, General! Wie geht es den Beinen heute Abend, alter Mann?" Er bückte sich und tätschelte sanft den großen, schönen Collie, der ihn willkommen heißen wollte. Dann hob er sanft den Kopf des Hundes und blickte in seine geduldigen Augen.

„Nicht besser? Nicht einmal ein bisschen? Ich würde die Hälfte nehmen, wenn ich könnte, General, mehr als die Hälfte. Es ist Pech, aber noch schlimmer ist es, nicht zu wissen, was man für einen tun soll." Er wandte seinen Kopf von den flehenden Augen ab. „Um Himmels willen, schauen Sie mich nicht so an, General, machen Sie es nicht –" Er atmete scharf ein; Dann, als der Hund sich anstrengte zu bellen und seine rechte Pfote zur Begrüßung wie früher zu heben, legte er sie vorsichtig ab, klingelte, ging zum Fenster und blickte einen Moment lang auf die Straße hinaus.

Die graue Trägheit eines späten Novembernachmittags lag in der Luft von New York, und die schnell fallenden Schneeflocken verdichteten sie so sehr, dass die Menschen, die hierhin und dorthin eilten, wie verdrehte Gestalten von fantastischen Formen aussahen, vom Wind verweht und gebeugt und mit einem Schauder Laine kam zurück und stand erneut an Generals Seite.

An der Tür wartete Moses, sein Mann. Laine drehte sich zu ihm um. „Holen Sie sich trockene Kleidung und schauen Sie, was mit der Hitze los ist. Ein Blinder, der hier reinkommt, würde denken, er wäre auf einen Eisteich gestoßen." Er blickte sich um und dann den Dunkelhäutigen vor sich an. „Der Herr hat dir einen Kopf gegeben, um ihn zu benutzen, Moses, aber du verwechselst ihn manchmal mit einem Schmuckstück. Null Wetter und Fenster bis zu den oberen zwölf Zoll! War General heute hier drin?"

„Nein, Sir. Er war fast den ganzen Tag in der Küche. Sie haben mir heute Morgen gesagt, ich solle hier frische Luft reinbringen, und das habe ich getan, aber General und ich waren nicht mehr hier, seit ich aufgeräumt habe. Er war schlecht dabei -Tag, Sir."

„Ich sehe, dass er es getan hat." Laines Hand wanderte zu dem Hund und ruhte einen Moment auf seinem Kopf. „Schließen Sie die Fenster, machen

Sie das Licht an und achten Sie auf die Hitze. Dieser Raum ist fast so fröhlich wie ein Leichenschauhaus bei Tagesanbruch."

„Ich schätze, Sie haben sich ein wenig erkältet, Sir." Moses schloss die Fenster, zog die Vorhänge zu, schaltete die Heizung ein und ließ den Raum mit strahlendem Licht erstrahlen. „Es ist ein sehr geräumiges Zimmer, Sir, und für diejenigen, die Bücher lieben, ist es sehr ehrgeizig, aber im Winter ist ein Zimmer ohne eine Frau oder ein loderndes Feuer natürlich nicht das , was es sein könnte. Tun Sie es nicht Meinen Sie, Sie sollten besser eine Kleinigkeit mitnehmen, Sir, um Sie innerlich aufzumuntern ?"

Laine beugte sich über General und schüttelte den Kopf. „Nein, das tue ich nicht. Ich möchte schlafen. Ich bin früh nach Hause gekommen, um zu versuchen, ein wenig zu schlafen, aber –"

„Du hattest fast eine Woche lang nichts Nennenswertes mehr." Moses blieb noch. „Ich wünschte, du würdest General heute Abend in mein Zimmer kommen lassen. Du kannst es nicht ertragen, ihn leiden zu sehen , und dir wird selbst schlecht, wenn du die ganze Nacht auf ihn wartest . Das kann ich nicht Haben Sie einen kleinen Scotch, Sir, oder einen heißen Whiskey-Punsch? Ich muss auf das Wasser warten . Man sagt, Whiskey sei kein dauerhaftes Heilmittel gegen Erkältungen, aber es hilft Ihnen auf jeden Fall bei der Annahme, dass es so ist. Erfahrung ist besser als Erklären und —"

Wieder schüttelte Laine den Kopf. „Holen Sie mir trockene Kleidung", sagte er, ging dann zum Tisch und betrachtete die in einer Reihe darauf liegenden Buchstaben. „Nehmen Sie bis Viertel nach sechs ein Taxi hierher und kommen Sie erst wieder rein, wenn ich klingele. Ich werde mich hinlegen."

Ein paar Minuten später versuchte er zu schlafen, auf einer mit Teppichen bedeckten Couch, General neben ihm auf dem Boden. Er war seltsam müde, und eine Zeit lang war sein einziges klar definiertes Gefühl die Ungeduld darüber, dass er ausgehen musste. Warum müssen Menschen so viele Dinge tun, die sie nicht tun wollen? Er streckte seine Hand aus und strich sanft über Generals lange Ohren. Warum konnte ein Mann nicht in Ruhe gelassen werden und so leben, wie er es wollte? Warum – „Hör auf damit", sagte er halblaut. „Was im Leben nicht das Warum ist, ist das Warum, und Raten ist nicht deine Aufgabe. Geh schlafen."

Nach einer Weile öffnete er die Augen und blickte sich an den mit Büchern gesäumten Wänden um. Als er anfing, in Bücher zu investieren , konnte er nur eins nach dem anderen kaufen, und jetzt war kein Platz mehr für mehr. Er fragte sich, ob er heute etwas kaufen könnte, das ihm den Nervenkitzel verschaffen würde, den seine ersten Bücher ausgelöst hatten. Er hatte fast vergessen, was ein Nervenkitzel bedeuten konnte. Aber wer kümmerte sich heutzutage schon um Bücher? Die Männer und Frauen, die er kannte, würden sich, von wenigen Ausnahmen abgesehen, nicht umdrehen, um ihn zu sehen, würden lieber daran denken, sie zu lesen, als daran, auf einer Dinnerparty Niederländisch zu sprechen, und sehr wahrscheinlich hatten sie recht. Wissen trug wenig zum menschlichen Glück bei. Wissenschaft und Können konnten dem General nichts bringen. Armer General! Erneut strich er dessen Kopf glatt. Jahrelang hatte er morgens zum Abschied gebellt, jahrelang hatte er sehnsüchtig sein Kommen beobachtet, die Pfoten auf dem Fensterbrett, als die Dämmerung hereinbrach, jahrelang war er freudig ihm entgegengesprungen, als er zurückkam, aber er würde diese Dinge nicht länger tun . Es gab keine Chance auf Besserung, und der Tod wäre eine Gnade – ein schmerzloser Tod, der arrangiert werden konnte. Aber er hatte nein gesagt, es wütend gesagt, als der Arzt es ihm vorschlug, und es mit einem neuen Mann versucht, der ihn betrog.

„Sie sind alles, was ich habe, General" – seine Hand wanderte sanft über den Rücken des Hundes – „und irgendwo müssen Sie auf mich warten. Ich muss bleiben und das Spiel spielen, und es muss gespielt werden." klar, aber wenn es heißt, soll es mir nicht leidtun.

Er nahm eine Zigarre aus einer Kiste auf einem Tisch in seiner Nähe, zündete sie an und beobachtete, wie sich die Rauchspiralen nach oben rollten. Das Leben und der Rauch, der verschwindet, hatten viel gemeinsam. Im Großen und Ganzen hegte er keinen Groll gegen das Leben. Wenn es sich als eine ziemlich ermüdende Angelegenheit herausstellte , war es zweifellos seine eigene Schuld, und doch war es kaum seine Absicht, sich mit vierzig allein zu fühlen. Es hatte wirklich etwas Komisches. Das, was er angestrebt hatte, war gesichert, aber wofür? Ungeteilter Erfolg ist ausgerechnet ironisch, und bald würde nicht einmal der General mehr da sein, um ihn zu begrüßen, wenn die Arbeit des Tages getan wäre. Er blies einen dünnen Rauchfaden aus und folgte seinen Kurven mit halb geschlossenen Augen. Er hatte Geld verdient, ehrlich gemacht, und es hatte ihm das gebracht, was es anderen gebracht hatte, aber wenn das alles wäre, was das Leben zu geben hatte – Er warf seine Zigarre weg, und als Generals sanfter Atem ihn erreichte, verschränkte er die Hände auf der Rückseite von seinem Kopf und starrte an die Decke.

Warum liebte er seine Arbeit nicht mehr so wie früher? Er hatte fair gespielt, aber fair zu spielen bedeutete, gegen alle Chancen zu spielen, und es gab Zeiten, in denen er die Sache hasste, die Männer heute so erbittert kämpfen ließ wie in den Tagen des Dschungels, obwohl sie nicht mehr aufeinander losgingen Kehlen. Im Großen und Ganzen bevorzugte er die Angriffsmethode der Höhlenmenschen. Sie kämpften zumindest von Angesicht zu Angesicht. Was Frauen betrifft –

Er stand auf, bückte sich und tätschelte General sanft. „Es tut mir leid, dich zu verlassen, alter Mann, aber du wirst schlafen und ich werde nicht lange bleiben. Warum Hope nicht angerufen hat, was sie von mir wollte, anstatt mich anzuflehen, zu ihr zu kommen, damit sie es erzählen könnte." Für mich ist das für Männer unverständlich. Aber wir versuchen doch nicht, Frauen zu verstehen, oder, General?"

Die großen braunen Augen des Collies blickten in das Gesicht seines Herrchens und in ihnen lag flehentliche Anbetung. Mit mühsamer Anstrengung legte er erst die eine und dann die andere Pfote auf Laines Hand, und als diese sie streichelte, bellte er schwach.

Für einen Moment herrschte Stille, die Stille verständnisvoller Kameraden, dann wandte sich Laine ab und begann sich anzuziehen.

Mit den Händen in den Taschen und mit dem Rücken zum Feuer sah sich Mr. Winthrop Laine in dem Raum um, den seine Schwester, Mrs. Channing Warrick, für eine Bibliothek hielt, und fragte sich erneut, warum sie nach ihm geschickt hatte, anstatt anzurufen, was sie wollte. Er würde es nicht tun. Das heißt, wenn es eine der alten Bitten wäre, dass er zu ihren Partys oder zu jemand anderem kommen würde, würde er es ablehnen, und normalerweise bewies die wichtige Angelegenheit, zu der sie ihn sehen musste, etwas in dieser Art. Vor fünf Jahren hatte er solche Dinge herausgeschnitten und –

„Oh, Winthrop, ich bin so froh, dass du gekommen bist!" Laine bückte sich und küsste seine Schwester. „Und hinauszugehen, um es zu beweisen." In einem Kleid aus anschmiegsamem Silber über weichem Satin war sie sehr hübsch, und während er sie abwehrte, sah er sie kritisch an. „Das ist ein hübsches Kleid, das du trägst, aber es gibt nicht genug davon. Warum um alles in der Welt hast du mich herkommen lassen, wenn du ausgehst? Wenn ein Mann in meinem Alter ist, hat er das Privileg, zu Hause zu bleiben und es zu genießen." er selbst, nicht –"

Mrs. Channing Warrick hörte auf, ihre langen weißen Handschuhe zuzuknöpfen, und sah ihrem Bruder ins Gesicht. „Haben Sie Spaß, wenn Sie zu Hause bleiben?"

„Ich genieße es zu Hause viel mehr als in den Häusern anderer Leute. Wohin gehst du heute Abend?"

„An die Warings . Nach dem Abendessen gibt es Karten. Ich nehme an, Sie haben abgelehnt."

„Ich war nicht eingeladen."

„Hilda wollte dich, wusste aber, dass es nutzlos war." Wieder richteten sich die großen blauen Augen auf ihren Bruder. „Was macht dich so schrecklich, Winthrop? Wenn du die Leute weiterhin ignorierst, wie du es tust –"

„Ich muss bei meiner Beerdigung Sargträger bezahlen, nicht wahr? Keine schlechte Idee. Nun, warum diese Vorladung heute Abend?"

Mrs. Warrick drückte fest den letzten Knopf ihres Handschuhs, zog ihren Rock über ihre Hüften und setzte sich vorsichtig hin. „Um dich zu bitten, etwas für mich zu tun", sagte sie. „Channing wird erst morgen zurück sein, und außer Decker ist niemand da, der sie treffen kann, wenn du es nicht tust. Außerhalb eines Autos hat Decker keinen Sinn und –"

„Wen treffen?" Laine warf die Asche seiner Zigarre auf den Rost. „Wen soll ich treffen?"

„Claudia Keith. Sie ist eine Cousine von Channing und lebt irgendwo in Virginia am Rappahannock River, meilenweit von einer Eisenbahnlinie entfernt, und war noch nie alleine in New York. Ich dachte, ich hätte dir gesagt, dass sie kommt, aber ich sehe es so In letzter Zeit vergesse ich selten, was ich dir sage und was nicht. Die Kinder finden das unmenschlich. Nach einer Weile weißt du nicht mehr, wie du dich in Gesellschaft verhalten sollst, und was würden deine alten Bücher und dein Geld bedeuten, wenn –"

„Nach und nach wird nichts von Bedeutung sein, meine Liebe, aber Deckers Hupen wird man hören, bevor ich verstehe, worauf Sie hinaus wollen, wenn Sie sich nicht beeilen. Was soll ich tun?"

„Ich möchte, dass du den Zug um 11 Uhr aus dem Süden triffst und …"

„Wählen Sie eine unbekannte Person aus und bringen Sie sie in ein Haus ohne Gastgeber ? Ich wünschte, ich wäre so nett, wie Sie denken, meine Dame, aber das bin ich nicht. Ich nehme an, Sie möchten auch, dass ich mich bei Ihrem Gast für Ihre Abwesenheit entschuldige Zuhause, erzähl ihr ein hübsches Märchen und sag –"

„Wenn du das Richtige sagen würdest, würde ich dich bitten, dir etwas auszudenken, aber du würdest es nicht tun. Ich habe allerdings keine Ahnung, wie ich eine Verlobung lösen kann, nur um zu Hause zu sein, wenn ein Cousin vom Land von Channing eintrifft. Sein." Sie ist so ein außergewöhnlicher Mensch, dass sie es vielleicht seltsam findet, also sagen Sie ihr bitte …"

„Ich werde ihr nichts sagen." Laine zündete sich eine frische Zigarre an. "Ich gehe nach Hause."

„Das geht aber nicht! Du sollst zum Abendessen bleiben, deshalb habe ich dich wegen Claudia nicht angerufen. Die Kinder haben sich das Abendessen mitgenommen als Ausgleich dafür, dass sie wegen des Wetters zu Hause bleiben müssen, und sie" Ich hänge gerade über dem Geländer. Mrs. Warrick stand auf und strich vorsichtig ihre knappen Röcke glatt. „Bitte lass sie nicht zu viel essen. Sie können …"

„Nicht ein bisschen mehr als sie wollen ." Laine nahm den weißen Pelzmantel, den das Dienstmädchen eine Minute zuvor auf den Stuhl gelegt hatte, und hielt ihn seiner Schwester zum Anziehen hin. „All dieses schlampige Zeug, das den Kindern von heute gegeben wird, wird morgen anämische Männer und Frauen bedeuten. Ich werde mit ihnen zu Abend essen, und wenn sie krank sind, werde ich die Schuld auf mich nehmen, aber nicht, wenn der Virginianer eine Meinung dazu hat . " ihr eigenes, was moderne Manieren angeht. Bist du sicher, dass du gut verpackt bist?"

„Sicher. Ich hoffe, dass Decker sie finden kann, aber ich bezweifle es. Vielleicht schafft sie es alleine. Wie auch immer, ich habe getan, was ich konnte. Gute Nacht, und bitte lassen Sie die Kinder nicht zu viel von dieser Mischung essen." Du kommst doch mal zu Claudia, nicht wahr?"

Laine schüttelte den Kopf. „Ich habe keine Zeit."

„Zeit! Aller Unsinn!" Sie drehte sich um und küsste ihn. „Die Kinder werden dich sowieso zum Abendessen haben, und deshalb habe ich nach dir geschickt. Gute Nacht, gemeiner Mann!"

Sie raffte ihre Röcke zusammen, und Laine folgte ihr zur Tür, an der der zweite Mann stand und darauf wartete, eine Teppichrolle über die schneebedeckten Stufen zum Auto am Bordstein zu werfen, und beobachtete das Auto, bis es um die Ecke bog ging in Richtung Esszimmer, wo zwei junge Leute zwei Paar Arme um seine Beine legten und die Luft mit zwei ekstatischen Schreien zerrissen.

„Es gibt Truthahn-Innereien-Soße und Salat und jede Menge Sachen, Onkel Winthrop, und ich setze mich ans Kopfende des Tisches, und Timkins sagt, ich könnte dir in der Bibliothek den Kaffee einschenken, und –"

„Mutter sagte, ich könnte ein Eis und zwei Kuchenstücke haben, wenn sie nicht sehr groß wären." Und Channing Warrick, Junior, sieben Jahre alt, bemühte sich, Dorothea Warrick, zehn Jahre alt, von ihrem Standpunkt neben der rechten Hand ihres Onkels zu entfernen. Aber bei dem hohen Wurf, den ihm die starken Arme versetzt hatten, die ihn in die Luft geschleudert hatten, ging ihm der Atem verloren, und als er auf seinen Füßen landete, lachte er vor keuchender Freude.

"Aufleuchten." Dorotheas Stimme war eifrig. „Es ist fertig, und ich auch, und um acht müssen wir im Bett sein."

III

WISSENSCHAFT

Als Mr. Winthrop Laine seinen Platz am perfekt gedeckten Tisch einnahm, nickte er erst einem Kind und dann dem anderen zu. „Was für eine Schweinchenbeziehung ich habe", sagte er und öffnete seine Serviette. „Kein Grußwort an einen alten Onkel, sondern nur eine Ankündigung, was es zu essen gibt. Man könnte meinen, du hungerst."

"Wir sind." Dorothea legte ihre Serviette nieder und stand auf. „Entschuldigen Sie, dass ich meinen Platz verlassen habe, aber Mutter sagte, wir könnten heute Abend eine gute Zeit haben, und das können wir nicht, wenn wir auf Manieren achten. Ich hasse Manieren. Ich glaube, das verstehe ich von Ihnen, Onkel Winthrop." Ich hörte, wie Miss Robin French sagte, Sie hätten keine. Sie sagte, sie hätte Sie ein Dutzend Mal zu sich nach Hause eingeladen, und Sie seien noch nie dort gewesen oder hätten einen Partyanruf oder so etwas gemacht.

„Was ist ein Partyanruf?" Channings Mund war voller Suppe. „Was ist ein Partyanruf, Onkel Winthrop?"

„Das ist die Strafe, die man zahlen muss, wenn man dort eingeladen wird, wo man nicht hin will. Was hast du gesagt, Dorothea?"

„Das habe ich vergessen. Channing ist genauso unhöflich, als ob er jemand wäre! Oh ja – ich fing an zu sagen, dass es mir leidtut, dass wir uns überlegt haben, zuerst das Essen zu erwähnen. Wir waren verrückt, dich zu sehen. Wir hatten etwas zu erledigen." Sag es dir. Ich denke, ich setze mich hier direkt neben dich; es ist zu weit weg hinter diesen Blumen, und ich werde dich jetzt küssen, wenn es dir nichts ausmacht. Und Dorotheas Arme waren um den Hals ihres Onkels gelegt und ihre Wange war liebevoll an seine gelegt.

"Natürlich." Laine löste die Arme, zog den Kopf des Kindes nach unten, küsste es und tätschelte die kleinen Hände, bevor sie ihre Besitzerin zu ihrem Platz schickte. „Da du der Anfang einer Frau bist, küsst und schminkst du dich, was mehr ist als dein heidnischer Bruder. Nicht noch einer!" Die Mandelschale wurde aus Channings Reichweite entfernt. „Lassen Sie mich Ihre Hände sehen, Sir! Und Sie sind ein Mitglied der höflichen Gesellschaft! Ah, hier ist der Truthahn. Und es ist der Trommelstock, von dem Sie gesagt haben, dass Sie ihn wollten, nicht wahr, Channing? Trommelstöcke wurden nur für kleine Jungen an Truthähnen angebracht. Ich habe sie immer bekommen." der Trommelstock und der Muskelmagen.

„Ich will keine Trommelstöcke!" Channings Lippen bebten. "Ich will-"

„Und er kann den Muskelmagen nicht haben, Onkel Winthrop, das kann er wirklich nicht. Vielleicht weißt du nichts über Fletcherisieren , und du solltest dankbar sein, dass du es nicht weißt, aber du kannst einen Muskelmagen nicht mit Fletcherisieren versehen , nicht wenn Du kaust die ganze Nacht, und wenn genug Brust für alle da ist, denke ich, dass er das besser essen sollte. Und ich nehme bitte viel Soße und Füllung, wenn Austern drin sind. Warte mal!" Dorotheas Hand hob sich und ihr Kopf senkte sich. „Ich möchte Gnade sagen: ‚Ich danke Dir, Herr, für dieses sichere Essen und dafür, dass Onkel Winthrop hier ist, und bitte lass es wieder passieren und lass uns nicht krank werden. Amen.'"

Durch die Gnade war Channings Gabel aufgehängt worden, aber seine Kiefer hatten nicht aufgehört zu arbeiten; und beim letzten Wort beugte er sich vor und hechtete nach den Oliven, von denen er zwei auf einmal in den Mund steckte.

Für den Mann am Fußende des Tisches war die Situation verwirrend. Seine Nichte und sein Neffe, die aus Reichtum geboren und von Überfluss umgeben waren, aßen mit dem Eifer kleiner Schweine; Sie aßen, als hätten sie Angst, dass ihnen die Teller weggenommen würden, bevor sie satt waren. Auf Channings Nasenspitze glitzerte ein Tropfen Soße im Kerzenlicht, und Dorothea schluckte viel zu schnell, um gesund zu bleiben.

Als sie aufblickte, fing sie den Blick ihres Onkels auf und lehnte sich in ihrem Stuhl   zurück.
Mit den Händen auf ihrer Brust und halb geschlossenen Augen seufzte sie bedauernd. „Ich bin schon satt, und wir sind noch nicht zur Hälfte fertig", sagte sie und winkte dem Butler zu, der näher kam. „Was ist das für ein Salat, Timkins , und ist Mayonnaise drauf oder so ein dünnes Zeug?"

Timkins hustete leicht hinter der Hand. „Ich glaube, es sind Pilze und weiße Weintrauben mit Mayonnaise, Miss, aber –"

Dorotheas Augen schlossen sich fest. „Nur mein Glück. Ich habe es nur ein einziges Mal probiert und es ist absolut großartig, Onkel Winthrop. Mutter hatte es zum Mittagessen an dem Tag, als diese dürre Frau und ihre Tochter aus London hierherkamen. Mutter sagte, sie sei jemand, Lady, aber Unsere Köchin sieht sonntags viel besser aus. Sie hat ihren Salat nicht gegessen.

„Du hast es gegessen." Channings Gabel war vorwurfsvoll auf Dorothea gerichtet.
„Du hast den Teller abgeleckt."

„Das habe ich auf jeden Fall getan." Dorothea stand auf, schüttelte sich, setzte sich wieder und ordnete sorgfältig Messer und Gabel. „Wir waren in der Speisekammer. Antoinette war krank und Timkins ließ uns rein. Weißt du, Onkel Winthrop, es ist so. Wir sind Wissenschaftler , Channing und ich.

Wir sind mit einem Buch aufgewachsen, und das tun wir nicht." Holen Sie sich genug zu essen. Mutter sagt, die Wissenschaft habe inzwischen alles gelernt – ich meine, wie viel Kinder essen und wie viel sie trinken können, wie viel Luft sie schlafen können und wie man richtig atmet, und Antoinette sagt Als wir klein waren, wurden wir jeden Tag gewogen. Und deshalb stopfen wir es, wenn wir die Gelegenheit dazu haben. Ich bin zehn, werde elf.

„Und ich bin sieben, ich gehe auf acht" – Channing hatte den Truthahn noch nicht in Sicht gebracht, damit der Salat kommen konnte, und seine Gabel wurde immer noch beharrlich angesetzt – „und alles, was wir zum Abendessen haben –"

„Ist Brot und Milch." Dorotheas Hand winkte Channing zum Schweigen. „Antoinette sagt, die Milch sei großartig, aber ich hätte lieber etwas mit mehr Geschmack, das nicht so großartig ist. Ich wünschte, ich wäre geboren worden, bevor all diese Wissenschaft entdeckt worden wäre. Wenn wir niesen , müssen wir besprüht werden, und wenn wir husten, sind wir sterilisiert oder so, und das einzige Wort in der englischen Sprache, das Antoinette richtig ausspricht, ist Keime! Man könnte meinen, es seien Geister, so wie sie ihre Augen hebt und ihre Hände hebt, wenn sie es sagt. Und sie Ich weiß auch nicht , was sie sind. Hast du mich geküsst, als ich ein Baby war, Onkel Winthrop?"

"Ich tat."

"Im Mund?"

"Im Mund."

„Nun, sie erlauben es niemandem, Babys auf diese Weise zu küssen. Aber wenn
ich jemals welche habe, werde ich zulassen, dass die Leute sie auch küssen und drücken. Ich meine nette Leute. Ich glaube nicht an wissenschaftliche Erkenntnisse für Kinder ." ."

„Aber, meine liebe Miss Warrick" – Mr. Laine wartete auch auf seinen jungen Neffen – „Angenommen, Ihr Mann würde es tun. Sicherlich sollte ein Mann ein Mitspracherecht bei der Erziehung seiner Familie haben!"

„Vater nicht." Dorothea beugte sich vor und wählte kritisch eine Olive aus. „Vater würde uns alles geben, was wir wollen, aber er sagt, Mutter muss entscheiden. Er ist so beschäftigt, dass er keine Zeit hat, sich um die Kinder zu kümmern. Er muss das Geld verdienen, um uns zu kaufen –"

"Milch." Channing schob seinen Teller zurück. „Ich hasse Milch. Mensch! Ich bin satt. Du kannst meinen Salat haben, Dorothea, wenn du mir dein Eis gibst. Es hat dich nicht krank gemacht, als du alles gegessen hast, was die Dame übrig hatte."

„Du hast Reste gegessen!" Laines Stimme klang entsetzt. „Dorothea Warrick hat Reste vom Teller einer Dame gegessen!"

„Es waren keine Hinterlassenschaften. Sie hat es nicht angerührt. Ich habe durch die Tür geguckt und hörte sie sagen, dass sie nie Müll gegessen hat. Es war großartig. Niemand hat mir gesagt, dass ich es nicht essen soll, und ich habe gegessen."

„Eine vererbte Angewohnheit, meine Liebe." Laine legte die Mandeln, die Oliven und die Pfefferminzbonbons außerhalb der Reichweite kleiner Arme. „Es war einmal eine Dame, die lebte in einem Garten und sie aß etwas, was sie nicht hätte essen sollen, und machte dadurch großen Ärger. Man hatte ihr gesagt, dass sie es nicht tun solle, aber als Frau –"

„Ich weiß von ihr. Sie war Eva." Dorothea nahm ein paar Mandeln vom Teller ihres Onkels und steckte sich eine davon in den Mund. „Sie wurde aus Adams Rippe gemacht, und Adam wurde aus dem Staub der Erde gemacht. Seit sie diesen Apfel gegessen hat, sind alle aus Staub gemacht, sagt Antoinette."

Channing saß aufrecht da, in seinen großen blauen Augen standen Zweifel und   Verzweiflung.   „Waren Dorothea und ich aus Staub, Onkel Winthrop?"

„Staub, bloßer Staub, mein Mann."

Für einen Moment herrschte Stille und scheinbares Nachdenken, dann bewegte sich Dorotheas Kopf auf und ab. „Nun, wir können nichts dagegen tun, und es hat keinen Sinn, Dinge verletzen zu lassen, denen du nicht helfen kannst! Aber ich glaube nicht, dass Mutter es weiß, Onkel Winthrop, und sag es ihr bitte nicht. Sie hasst einfach Dreck. Gnädig Meine Güte! Ich bin so satt wie ein Frosch und auf dem Eis ist auch noch Schokolade drin!"

Einige Minuten später schenkte Dorothea ihrem Onkel in der Bibliothek Kaffee ein, und als er die Tasse nahm , die sie ihm gebracht hatte, verneigte er sich feierlich und stellte sie dann ab, um sich eine Zigarre anzuzünden. Es gab Zeiten, in denen er wünschte, Dorothea wäre seine. Wenn sie ihm gehörte … Er nahm einen langen Zug von seiner Zigarre und warf das Streichholz ins Feuer.

IV
DOROTHEA UND HERR. LAINE

„ Pardonnez-moi !" Mademoiselle Antoinette stand an der Tür. Um sie herum hing eine errötende Entschuldigung, und ihre Hände waren in nervösem Appell gefaltet und wieder geöffnet. Die Stunde hatte geschlagen und ihre kleinen Schützlinge mussten kommen. Würde Monsieur verzeihen? Es tat ihr so leid, es war traurig, aber Madame würde es nicht mögen. "Ah, natürlich!" Laine wedelte mit der Hand. „Gute Nacht, Buster!" Channing wurde in die Luft geschleudert. „Wenn die Fresser Sie heute Abend erwischen, machen Sie sich nichts aus. Sie sind nur Truthähne. Gute Nacht, Miss Wisdom!" Er bückte sich, küsste Dorothea und löste die Arme, mit denen sie sich an ihn klammerte. „Es tut mir leid, Kind, aber ein Schnäppchen ist ein Schnäppchen, und deine Mutter wird uns nicht vertrauen, wenn wir nicht fair spielen – Es ist nach acht und –" „Aber ich habe dir nicht gesagt, was das Besondere war Ich musste –" Dorothea wandte sich an die Frau, die in der Tür stand und die Hand ihres Bruders hielt; sprach schnell mit ihr.

„Je vous de Prie , Mademoiselle Antoinette, Prenez Channing und ich bin nicht anwesend . Je vous Melden Sie sich sofort wieder. Ja Quelque hat sich am Montag für etwas sehr Wichtiges entschieden Onkel – zwei Minuten und ich komme an !"

Antoinette zögerte, dann verließ sie mit einer Geste der Verzweiflung den Raum; und sofort saß Dorothea auf einem Hocker zu Füßen ihres Onkels.

"Wussten Sie?" Die Ellbogen auf seinen Knien und das Kinn in den Handflächen, blickte sie eifrig in sein Gesicht. „Wussten Sie, dass meine Cousine Claudia heute Abend kommt?"

"Ich tat."

„Ist es nicht großartig!" Dorotheas Hände kamen zusammen, und eine Minute später tanzte sie im Zimmer umher, die Enden ihres Rocks mit den Fingern festgehalten. „Ich bin verrückt nach meiner Cousine Claudia. Sie ist meine einzige Korrespondentin, die Einzige, der ich gerne schreibe, meine ich. Sie schreibt Dinge, die ich gerne höre, und zu Weihnachten schickt sie mir etwas, das ich mir wünsche. So haben wir angefangen." zu schreiben. Sie schickte mir ein Geschenk, und Vater ließ mich ihr selbst schriftlich danken, und dann schrieb sie mir, und seitdem sind wir Freunde."

Laine warf die Asche seiner Zigarre auf den Rost. „Ich wusste nicht, dass Sie Miss Keith kennen."

„Das tue ich nicht. Aber ich werde sie schon mögen. Einige Dinge weißt du hier" – sie legte ihre Hand auf ihre Brust. „Vater wollte schon lange, dass Mutter sie fragt, aber Mutter sagte, sie wisse, dass sie keine Kleidung habe, wie sie die New Yorker trugen, und es könnte ihr schlecht gehen. Eines Abends hörte ich sie reden, und Vater sagte: die Keiths. " Sie mussten sich nicht auf ihre Kleidung verlassen, um zu zeigen, wo sie hingehören, also lud Mutter sie ein; aber ich glaube nicht, dass sie das besonders wollte . Meinst du? Er saß auf den Armlehnen seines Stuhls und blickte forschend in sein Gesicht. „Glauben Sie, dass sie sehr ländlich aussehen wird?"

„Ich konnte es mir wirklich nicht vorstellen. Menschen, die in den Wäldern und meilenweit von einer Eisenbahnlinie entfernt leben, sind nicht dazu geeignet, Modeführer zu sein. Zweifellos werden ihre Hände rot sein und ihr Gesicht wird rot sein und ihre Haare werden rot sein, aber –"

„Es ist mir egal, wie rot sie ist, ich werde sie lieben. Das kann ich an ihren Buchstaben erkennen!" Dorotheas Schultern waren zurückgezogen und ihre Augen leuchteten. „Und ich verstehe nicht, warum du so etwas sagst! Ich glaube nicht, dass du sehr höflich bist!"

„Ich auch nicht. Ich denke, ich bin sehr unhöflich. Es kann sein, wissen Sie, dass ihre Augen blau sein werden und ihre Lippen blau sein werden und ihre Haut blau sein wird –"

„Und das wird schlimmer sein als Rot. Ich dachte, du würdest froh sein, dass sie kommt. Bist du nicht froh?"

„Soll ich die Wahrheit sagen oder höflich sein?"

"Beide."

„Unmöglich! Wenn ich Ihnen sagen würde, dass ich froh wäre, wäre ich unwahr; wenn es mir leid tun würde, wäre ich unhöflich."

„Aber warum freust du dich nicht? Bist du zu alt, um dich über junge Damen zu freuen?"

Laine lachte. „Das glaube ich. Ja, das ist sicher so. Seit einigen Jahren bin ich nicht mehr glücklich über sie, ich mag keine Mädchen, die älter sind als du, Dorothea. Wenn sie das Erwachsenenalter erreichen." —"

„Claudia hat das Alter von sechsundzwanzig Jahren erreicht. Das hat sie mir in einem ihrer Briefe gesagt. Wie alt sind Sie, Onkel Winthrop?"

"Mittleres Alter."

„Ist das sehr alt?" Dorothea kam näher und ihre Finger glitten in Laines Haar hinein und wieder heraus. „Du bist nur ein kleines bisschen grau, aber ich glaube nicht, dass es ihr etwas ausmacht, wenn ein Mann nicht wirklich jung ist. Du hast so schöne, starke Arme und ich habe keine Angst vor Löwen oder Tigern." oder Bären oder – oder Mäuse oder irgendetwas, wenn du bei mir bist. Bitte mag sie, Onkel Winthrop!" Dorotheas Gesicht war an Laines gepresst. „Neben Vater und Mutter und Channing liebe ich dich am meisten, und ich glaube, ich werde sie nach dir am nächsten lieben."

„Mademoiselle Dorothea!"

Von den Stufen draußen rief Antoinette, und Dorothea nickte ihrem Onkel zu. „Das ist eine weitere Sache, die meine Kinder nicht haben werden. Sie werden nie eine französische Gouvernante haben, die sie ins Bett bringt und sie ihre Gebete auf Französisch sprechen lässt. Ich glaube nicht, dass es dem Herrn gefällt. Gute Nacht, Onkel Winthrop. " . Ich hoffe, meine Cousine Claudia wird höflicher zu dir sein, als du es zu ihr getan hast, und ich weiß, dass sie keine roten Hände hat." Sie winkte ihr zu und warf ihr einen Kuss zu, aber als sie die Tür erreichte, rief Laine sie zurück.

„Komm her, Dorothea."

Sie drehte sich um und kam auf ihn zu. „Hast du mich angerufen, Onkel Winthrop?"

"Ich tat." Er zog sie auf die Knie. „Haben Sie gesagt, dass Sie Ihre Gebete auf Französisch gesprochen haben?"

„Jeden Abend, es sei denn, ich muss zur Strafe ein deutsches aufsagen. Channing mischt sein Wort einfach durch und zählt alle Wörter zusammen, sodass ich nicht glaube, dass nicht einmal Gott sie verstehen kann. Ich mag keine französischen Gebete."

„Warum sagst du sie dann?"

„Oh, das müssen wir! Alle Kinder, die ich kenne, sprechen ihre Gebete auf Französisch. Eines Tages veranstalteten sechs von uns ein Rennen, um zu sehen, wer sie am schnellsten und am meisten sagen konnte. Ich habe geschlagen. Willst du mich hören?"

„ Das tue ich tatsächlich nicht!" Laines Stimme war eindringlich. „Aber ich mag keine französischen Gebete für kleine amerikanische Mädchen. Ich habe mich nie für Papageien interessiert oder …"

„Welche Art sagen Sie, französisch oder amerikanisch?" Dorothea streichelte einen Finger nach dem anderen ihres Onkels. „Meine wahren Gebete spreche ich immer innerlich, nachdem ich ins Bett gegangen bin – das heißt, wenn ich nicht zu müde bin; und sie reden einfach nur mit dem Herrn. Sehen Sie, wir dürfen kein einziges Wort sprechen, außer auf Französisch." mit Antoinette, und Mutter mag es, wenn wir es mit ihr sprechen, aber sie ist immer so in Eile, dass sie es die halbe Zeit vergisst. Mit Vater reden wir allerdings Englisch; Vater sagt, Französisch zum Frühstück sei völliger Blödsinn, und das finde ich Das gilt auch. Wir frühstücken jeden Morgen mit Vater und haben einfach eine tolle Zeit. Mutter geht es morgens nie besonders gut, deshalb steht sie nicht auf; aber wir essen mit ihr zu Mittag, wenn keine Gesellschaft da ist und Sie geht nicht aus. Wussten Sie, dass die Dufferns ein neues Baby in ihrem Haus hatten?

Laine schüttelte den Kopf.

„Das haben sie. Es ist ein Mädchen. Sie hatten bereits vier Mädchen und Julia sagt, dass sie ihren Arzt wechseln werden. Er bringt immer Mädchen mit.“

„Madam- Oiselle Dor-othea !“

Dorothea rutschte vom Schoß ihres Onkels. „Ich weiß, was das bedeutet. Immer wenn sie , Madamois – elle Dorothea !‘ sagt . Durch ihre Nase ist es ein deutsches Gebet. Gute Nacht. Und dieses Mal war sie weg.

Laine folgte ihr bis zur Treppe, um die Verantwortung für ihre Verspätung auf sich zu nehmen, und als er ins Zimmer zurückkam, warf er einen Blick auf die Uhr und holte seine Uhr heraus. Für ein Mädchen vom Land würde es nicht genügen , um diese Nachtzeit allein nach New York zu kommen , und natürlich müsste er sie treffen; aber warum kam sie zu dieser Nachtstunde? Er klingelte nach Mantel und Hut, setzte sie auf, hielt dann inne, um sich eine Zigarre anzuzünden, und als das Streichholz daran gehalten wurde, klingelte es laut an der Haustür. Einen Moment später sprach jemand mit Timkins .

„Ist das Mr. Warricks Wohnsitz?“

Die Stimme, die die Frage stellte, war frisch und klar und drang leicht zu seinem Standpunkt. Er sah sich schnell um, als wäre er auf der Suche nach einer Flucht.

" Ja m ." Er konnte sich den Bogen vorstellen, den Timkins machte. Timkins war der höflichste Mensch, den er kannte. „ Ja , und das ist Miss Keith, nicht wahr? Kommen Sie einfach rein, Ma'm , wir erwarten Sie, obwohl Ihr Zug etwas früher als gewöhnlich gewesen sein muss, Ma'm . Mr. Warrick ist nicht in der Stadt, und Mrs. Warrick hatte eine dringende Verabredung, die nicht geleugnet werden konnte, aber sie hat Nachrichten für Sie hinterlassen, und ich glaube, eine Notiz. Ja , ich bin nur hier entlang.“ Und Timkins , der wusste, dass Laine in der Bibliothek war, führte den Fremden an der Tür vorbei und die Stufen hinauf, über deren Geländer Dorothea einen Freudenschrei hörte.

„Oh, meine Cousine Claudia! Meine Cousine Claudia! Ich bin so froh, dass du   gekommen   bist! Ich bin so froh!“

Ein Lachen, so frisch wie die Morgendämmerung eines perfekten Morgens, folgte den Küssen, die man als nächstes hörte, und dann sprach die neue Stimme erneut.

„Du kostbares Kind! Ich bin so froh, dass du dich freust. Es ist so schön, jemanden zu haben, der sich freut, dich zu sehen!“

V

DER VERLUST SEINES BESTEN FREUNDES

Durch das Klicken von Laines Schlüssel erwachte Moses aus dem Schlaf, in den er gefallen war, und sprang auf. „Herr, Sir, ich bin wirklich froh, dass Sie gekommen sind", sagte er und folgte Laine in die Bibliothek. „ Seit du weg bist, geht es Gineral sehr schlecht, und einmal dachte ich, er wäre tot. Er hatte so etwas wie einen Ohnmachtsanfall, wenn er ein Mensch wäre."

"Wo ist er?" Laines Stimme war schnell und seine Augen wanderten durch den   Raum.
„Was hast du für ihn getan?"

„Er hat sich auf den Teppich in Ihrem Zimmer gelegt, Sir, und ich gebe ihm ein wenig Brandy und Wasser. Im Großen und Ganzen wird das auf den Punkt kommen und –" Aber Laine war in seinem Zimmer, und Moses, der ihm folgte, sah ihn auf seinem Er kniete neben dem Teppich, den rechten Arm unter dem Kopf des Hundes, den linken auf das Herz, das kaum noch schlug, und schlich leise auf Zehenspitzen wieder hinaus.

Ungefähr eine Stunde lang blieb er weg, wanderte zwischen seinem Zimmer und der Küche, der Küche und dem Esszimmer und wieder zurück in sein Zimmer und redete leise mit sich selbst; Und dann setzte er sich an einen Tisch und begann die Seiten einer Familienbibel umzublättern, die ihn schmückte und die er sich zu Weihnachten zuvor geschenkt hatte.

„Es übertrifft ihn wirklich, wie sehr er diesen Hund liebt", sagte er, als würde er zu jemandem an seiner Seite sagen, „und es wird ein Loch in sein Herz reißen , wenn er weg ist. Ich habe noch nie jemanden gesehen, der so viel Wert darauf legt." Eine Sache, die kein Mensch ist, wie er es auf Gineral tut , und was Gineral betrifft – wenn ein Hund das tun könnte, was man Anbetung nennt, dann würde er Mr. Laine auf jeden Fall anbeten. Sie waren Partner, die beiden, und es wird eins sein ruhiger Ort, wenn Gineral ist nicht mehr hier .

Langsam blätterte er Seite für Seite in der großgedruckten Bibel mit ihrem illuminierten Text um; aber bald darauf schloss er es. „Ich habe viel davon richtig gelesen und eine Menge davon erklärt, aber ich kann mich nicht erinnern, dass darin Hinweise auf das Vorbeigehen von Hunden enthalten wären", fuhr er fort und holte einen Tabakpfropfen heraus und ein großes Stück abschneiden. „Ich wünschte, das wäre so. Wenn etwas, das du liebst, dich verlässt , verspürst du ein starkes Gefühl in der Magengrube und ein schreckliches Verständnis für die Unfähigkeit des Menschen nach etwas, was kein Mensch ist. Mr. Laine ist mächtig gebildet, aber Lernen ist kein

Heilmittel gegen Einsamkeit, und Gineral ist alles, was er hat. Und ich sage Ihnen jetzt, diese Heimkehr in leere Räume ist kalt . ."

Moses redete mit der Wand gegenüber, aber die Wand antwortete nicht, er stand auf und ging auf Zehenspitzen zu Laines Schlafzimmer. Als Laine aufblickte, sah sie ihn und rief ihn herein.

„Geh zu Bett, Moses", sagte er und seine Stimme klang sehr müde. „Du kannst nichts tun. Wenn ich dich brauche , werde ich es dich wissen lassen."

Moses schüttelte den Kopf. „Ich gehe nicht ins Bett, Mr. Laine. Sie können mich zum Ausgehen zwingen, wenn Sie wollen, aber wenn ich nicht zu Bett gehe." Eindringling Ich würde gerne bleiben.

Langsam vergingen die Stunden. Von der Straße aus erreichten sie gelegentlich schwache Bewegungen; aber im Raum unterbrachen nur kurze Atemzüge die Stille. Als der Tag anbrach, sprach Mose von seinem Platz neben der Tür:

„Herr Laine?"

"Also." Laine blickte nicht auf.

„Wenn Hunde sterben, leben sie dann wieder?"

"Ich weiß nicht."

, dass es irgendjemand weiß. Das heißt aber nicht, dass sie es nicht wissen. Wenn ich so sicher wäre, dass ich in den Himmel gehe, wie ich weiß, wird Gineral irgendwo auf dich warten , dann würde ich es tun Fühle mehr Versöhnung mit dem Tod. Manche Dinge können sterben und manche nicht. Es gibt keine zeitliche Begrenzung, um zu lieben, Mr. Laine. Ich denke" – Moses stand auf – „Ich denke, Gineral versucht, Ihnen etwas verständlich zu machen." , Herr."

Eine halbe Stunde später rief Laine Moses zurück ins Zimmer, gab ein paar Befehle, zog sich um und ging, ohne auf das Frühstück zu warten, hinaus und kam erst bei Einbruch der Dunkelheit wieder herein .

Das Abendessen war nur ein Vorwand, und dann schob er seinen Kaffee beiseite, zündete sich eine Zigarre an und nahm die Abendzeitung zur Hand. Die Schlagzeilen waren grell, aber er überging sie schnell. Telegrafische Nachrichten wurden überflogen, Aktienberichte und Wetterbedingungen wurden unbeachtet gesehen, und die Leitartikelseite wurde ignoriert, und schließlich warf er mit einer Geste der Erschöpfung die Zeitung auf den Boden und ging in die Bibliothek.

Es war, wie Moses gesagt hatte, ein sehr geräumiger Raum und seine Einrichtung war einzigartig; aber obwohl es warm und hell erleuchtet war,

war es unmöglich, heute Nacht darin zu bleiben, und er klingelte nach seinem Mantel und Hut und machte sich zum Ausgehen bereit.

Am Tisch blieb er einen Moment stehen und warf einen Blick auf einige Buchstaben darauf. Mechanisch nahm er eines in die Hand, betrachtete die Schrift seines Namens und fragte sich gleichgültig, von wem es stammte. Er brach es auf und las die wenigen Worte, die darin standen. Als er sie sah, wurde sein Gesicht rot und er biss sich auf die Lippen, um ihr Zucken zu verbergen. Er las:

LIEBER HERR. LAINE, – Dorothea hat es mir gerade erzählt. Es tut mir so leid. CLAUDIA KEITH.

Mit einer plötzlichen Hingabe an etwas, das er hartnäckig zurückhielt, setzte er sich auf den Stuhl neben dem Tisch, lehnte sich zurück und schloss die Augen, um das zurückzuhalten, was sie schmerzte und blendete. Für die meisten seiner Freunde wäre der Weggang von General nichts anderes als der Weggang eines Hundes, und kaum ein flüchtiger Gedanke würde dazugehören, wenn sie davon hörten, aber sie musste es verstehen. Er stand auf. Nein. Es gab niemanden, der es wirklich verstehen konnte.

VI
EIN BRIEF PROM DOROTHEA

Einen Moment lang zögerte er, ob er die Straße hinunter oder hinaufgehen sollte. Die Luft war beißend, aber der Schnee, der ziemlich gut von den Gehwegen gesäubert war, störte nicht mehr; und als er die Madison Avenue überquerte, bog er ab und begann, schnell auf den Teil der Stadt zuzugehen, in dem es nur wenige Menschen und wenig Blendung geben würde, und während er unbewusst ging, wiederholte er immer wieder vor sich hin: „Dorothea hat es mir gerade erzählt . “ . Es tut mir so leid."

„Herr, bitte, Sir, kaufen Sie eine Zeitung?" Er blieb abrupt stehen. Der Junge vor ihm stampfte erst mit dem einen Fuß und dann mit dem anderen auf, und die Hand, die er ausstreckte, war rau und rot. Er zog es zurück und blies darauf, um ein wenig Wärme zu bekommen.

„Was machst du um diese Zeit draußen?" Laine stellte die Frage, ohne zu wissen, warum. „Du solltest zu Hause im Bett liegen."

„ Ich habe kein Zuhause." Der Junge lachte fröhlich, legte erneut die Faust an den Mund und blies darauf. „Ich schlafe diese Woche mit einem anderen Jungen, aber ich muss ihn bezahlen. Bitte kaufen Sie eine Zeitung, Herr!"

Leise ertappte sich Laine dabei, wie er etwas sagte, dann reichte er dem Jungen ein Stück Geld und ging weiter. Wo war er überhaupt? Sicherlich hatte er keine Lust auf das Leben in dieser Nachbarschaft. Es war eines, in dem er selten gewesen war, und als er die Häuser betrachtete, erfüllte ihn ein dumpfes Staunen über deren Bewohner. Den Atem in ihren Körpern zu behalten, bedeutete schmutzigen Kampf und erbitterten Streit, aber möglicherweise waren sie glücklich. Sicherlich hatte er schon vor langer Zeit gelernt, dass der Besitz bloß materieller Dinge kein Glück bedeutete. Er hatte schon vor langer Zeit eine Menge Dinge erfahren, die er leider nicht wissen konnte.

Eine Uhr in der Kirche in der Nähe schlug zehn, und er drehte sich um, ging auf die Avenue und begann seinen Spaziergang stadtaufwärts. Als er den Madison Square erreichte, blickte er auf die leeren Bänke und fragte sich, was für ein Schicksal die Verfallenen hatten, die sie bei warmem Wetter täglich füllten, und fragte sich, ob sie sich auch fragten, wozu das alles gut war — dieses Ding namens Leben.

Im Gegensatz zum Verkehr des Tages war die Stille auf der Avenue rätselhaft. Nur das Surren eines Autos oder gelegentliche Hufschläge eines Kutschers unterbrachen die Stille, und kaum weniger dunkel als die gerade vorbeifahrenden Mietshäuser waren die hübschen Häuser mit ihren geschlossenen Fensterläden und zugezogenen Vorhängen und die ruhelosen Bewohner darin. Als er den Park erreichte, blieb er stehen, zögerte und zündete sich eine neue Zigarre an. Drei Quadratkilometer entfernt stand das Haus seiner Schwester und darin das Mädchen mit der frischen, klaren Stimme. Er nahm den Zettel, den sie ihm geschickt hatte, aus der Tasche, blickte im Licht, das direkt über ihm hing, noch einmal auf die feste, klare Schrift und steckte ihn dann zurück. Wunderte sie sich auch über das Leben, über seine Leere und Ziellosigkeit? Ihre Stimme klang nicht so, als hätte sie es satt oder fände es ermüdend. Es klang wie eine sehr fröhliche Stimme.

An seiner Tür drehte er den Schlüssel um und zog sich für einen Moment – einen kurzen Moment – zurück; dann öffnete er schaudernd die Tür und ging hinein.

Moses wartete. „ Miss Dorothea rief mich an, Sir, und sagte mir, ich solle auf Nummer sicher gehen und Ihnen diesen Brief heute Abend geben. Sie schlüpfte aus dem Bett, um anzurufen, als die französische weiße Dame das Zimmer verließ, sagte sie. Sie ließ ihre Mutter schicken Sie schickte es per Bote, und sie hatte solche Angst , dass du es heute Nacht nicht bekommen würdest, dass sie nicht schlafen konnte. Sie schickte einen Liebeskuss.

Laine nahm den Brief und ging in sein Zimmer. Dorothea war auf Briefe angewiesen, und wenn seine Abwesenheit unangemessen lange dauerte, erhielt sie umgehend eine entsprechende Mitteilung. Er hatte sie jedoch letzte Nacht gesehen. Was wollte sie jetzt? Er brach das Siegel, las mit zusammengekniffenen Augen die ausgebreitete Schrift und las sie dann noch einmal, damit ihm kein Wort entging.

LIEBER ONKEL WINTHROP, – Moses hat uns angerufen und Channing und ich haben einfach geweint und geweint und geweint. Aber ich werde nicht einmal seinen Namen nennen, wenn du nur zu mir kommst und dich von mir küssen lässt, damit du es weißt. Wir wollten dir ein paar Blumen schicken, aber Claudia sagte, unsere Liebe sei die beste. Es tut ihr auch so leid. Sie hatte eins und es ist letzten Frühling gestorben. Ich hatte heute Kopfschmerzen . Wegen dir kam es aus meinem Herzen und sie hat es verschwinden lassen. Ich denke, sie könnte die meisten Schmerzen lindern. Und ihre Hände sind nicht rot und ihr Haar ist braun und ihre Wimpern sind auch braun und lang und schön. Ich kenne die Farbe ihrer Augen nicht. Ich denke, sie sind froh, Farbe. Ich liebe sie! Ich wusste, dass ich es tun würde. Deine hingebungsvolle Nichte DOROTHEA.

PS: Ich habe ihr gesagt, dass du junge Damen nicht magst, und sie meinte, sie mag keine alten Herren, bis auf ein paar wenige. Bitte, BITTE kommen Sie zu mir – und Sie können ins Kinderzimmer kommen, wenn Sie sie nicht sehen möchten. Sie weiß.

Deine liebevolle Nichte
DOROTHEA.

PS: Nochmal: Du solltest sie lachen hören. Es ist köstlich .

Er steckte den Brief zurück in den Umschlag und steckte den Umschlag in seine Tasche. „Sie weiß es", wiederholte er. Was zum Teufel hatte Dorothea ihr erzählt? Er muss Dorothea sehen und dafür sorgen, dass es gestoppt wird. Glaubte sie, er sei ein schwacher und gebrechlicher Mensch, der sich auf einen Stock stützte, oder ein mürrischer und mürrischer Mensch, der keine Manieren hatte? Er würde anrufen müssen, und sei es nur, um ihr für ihre Nachricht zu danken. Nein. Das würde er schriftlich tun. Nächste Woche könnte er vielleicht vorbeischauen und Dorothea besuchen. Aber Hope und Channing sollten das Mädchen herumführen und ihr die Stadt zeigen. Sicherlich konnte Hope nicht so idiotisch sein, Kleidung wichtig zu machen. In der Welt seiner Schwester waren Kleider die Insignien ihres Ordens, und in letzter Zeit hatte Hope Zeichen gezeigt, die man anfassen musste. Er muss Hope sehen. Nächste Woche wäre genug Zeit, aber Hope und Dorothea müssen beide gesehen werden.

VII
EIN NACHMITTAGSANRUF

„Wie geht es Ihnen? Oh, wie geht es Ihnen auch, Miss Keith?" Miss Robin French streckte zuerst Mrs. Channing Warrick und dann ihrem Gast die Hand entgegen und schüttelte ihnen energisch die Hand.

erlebt ? Sogar Hitze und Kälte sind nicht mehr so wie früher - aussehendes Feuer, Hope. Meine Güte! Ich habe gerade diese Blumenvase erwischt! Was für eine blöde Fantasie, überall Blumen hinzustellen, damit die Leute sie umwerfen können. Nun, Miss Keith, haben Sie seit Ihrer Ankunft in New York wieder zu Atem gekommen? So etwas eine Stadt, nicht wahr?"

Ein Schluck heißen Tees, den Miss French im Stehen trank, ließ einen Moment innehalten, und Claudia Keith zog instinktiv ihre Füße unter ihren Stuhl hinter dem Teetisch. Den Kopf zu senken, als würde man einer herannahenden Sintflut ausweichen, war ein Impuls, aber nur mit den Füßen konnte man sich um Selbsterhaltung bemühen, und als sie den Becher, den ihr der luftige Besucher hinhielt, wieder auffüllte, segnete sie den Tisch, der als Brustwehr der Verteidigung diente. Mit einer hastigen Bewegung gab sie den einen Klumpen hinein und gab die Tasse zurück. „Ich atme hier sehr gut", sagte sie und lächelte in die prüfenden Augen. „New York ist ganz wunderbar."

„Und acht der zwölf Monate waren sehr unangenehm." Miss French stellte ihre Tasse auf den Tisch, warf ihren Pelzmantel auf den Stuhl hinter sich, setzte sich, nahm die Tasse erneut und trank ihren gesamten Inhalt aus. „Ziemlich guter Tee, Hope; an den meisten Orten ist er ungenießbar." Wieder reichte sie Claudia den Becher. „Noch eine und das ist alles. Ich reduziere den Tee ein wenig – jetzt sind es nur noch zwölf Tassen am Tag."

"Zwölf!" An den Ausruf konnte ich mich nicht mehr erinnern. Claudias Hand hörte auf zu gießen. "Zwölf!"

„Das habe ich gesagt. Ich habe dreißig Mal eingenommen, aber der Arzt meinte, ich würde nervös werden und hat mich niedergeschlagen. Nervös!" MissFrenchs Nase hob sich. „Nerven und Unsinn sind Zwillingsschwestern, und von beidem habe ich keine Meinung. Wie hat Ihnen die Oper gestern Abend gefallen?"

Die Frage, die offenbar an die Zigarette gerichtet war, die Miss French aus einem kleinen silbernen Etui nahm, anzündete und zu rauchen begann, antworteten weder Mrs. Warrick noch Miss Keith und warteten aufeinander; Aber das spielte keine Rolle, Miss French betrachtete ein Foto vor sich. Mit Lorgnette im Blick untersuchte sie es kritisch.

„Eher ein gutes Foto von deinem Bruder, Hope. Ich hätte nicht gedacht, dass er etwas so Menschliches tun würde, wie sich fotografieren zu lassen." Sie nahm es auf. „Winthrop würde bei einer Schönheitsshow kaum Preise entgegennehmen, aber er ist auf jeden Fall für etwas Besseres da. Wann hast du das bekommen?"

„Vor einem Monat, schätze ich." Mrs. Warrick nahm einen Scheit aus dem Korb am Herd und legte ihn auf die Feuerböcke. „Die Herausgeber der Review ließen ihn sein Bild schicken, als sein Artikel über ‚Steuerterror und Steuertraditionen' erschien. Channing sagt, es sei das Beste, was seit Jahren zum Thema Steuern geschrieben wurde, und in Bankenkreisen …"

„Er hat sich sein Podest verdient." Miss French legte ihre Zigarette weg und reichte Claudia das Etui.

"Rauch?"

Claudia schüttelte den Kopf. „Danke. Ich weiß nicht –"

„Schade. Ihr müsst noch viel lernen. Die meisten von euch Südstaatlern haben das getan, aber wenn ihr aufholt, kommt die Geschwindigkeit in Ordnung. Das gebe ich euch umsonst – rodelt nicht alles auf einmal. Habt ihr dieses Bild davon gesehen?" Hope ist ein verrückter Bruder? Du brauchst nicht damit zu rechnen, ihn zu treffen. Er stammt aus gutem Hause aus Vermont, und sein Granit ist nicht fester als seine Prinzipien; aber er hat keine Manieren. Ich kenne ihn seit fünfzehn Jahren und kann sprechen ."

„Er hat Manieren!" Mrs. Warrick wandte sich empört an Miss French. „Claudia ist erst am Donnerstagabend hier angekommen und Winthrop war zu beschäftigt –"

„Beschäftigt! Du bist sauer auf Winthrop, Hope. Er ist der gleichgültigste Mensch gegenüber anderen Menschen, der auf dieser Erde wandelt, und hat mehr Freunde – Männerfreunde – als jeder andere Mann, den ich kenne. Er ist furchtbar verwöhnt; das ist es Er ist gejagt worden, das gebe ich zu. Welcher unbeholfene Mann mit Vermögen ist das nicht? Ich habe keine Geduld mit Winthrop. Es ist natürlich, dass junge Mädchen ihn langweilen, aber das ist kein Grund, warum er so ganz für sich allein leben sollte."

„Vielleicht" – Claudia nahm einen Brief vom Tisch vor ihr und tippte sich damit geistesabwesend auf die Lippen – „Vielleicht lebt er lieber so. Ich frage mich, Miss French, ob Sie mir sagen können, wo Kroonstater ist? Niemand . " Hier scheint es zu wissen, und jeden Tag bekomme ich weitere Aufträge aus meinem Landkreis, die nur dort erfüllt werden können. Vor Jahren Jemand aus der Brooke Bank kaufte wunderbare Weihnachtsartikel bei Kroonstater's , und seitdem ist es für viele unserer Leute das einzige Geschäft in New York. Ich muss es finden.

„ Kronstaters ?" Miss French hängte wieder ihre Lorgnette hoch. "Habe nie davon gehört."

Claudia lachte. „Ich sehe, dass auch Sie etwas lernen müssen. Sie kennen die Freude am Einkaufen nicht, wenn Sie kein solches Geschäft kennen. Ich schätze, ich muss es selbst finden."

„Um Himmels willen, tun Sie das nicht, Claudia." Mrs. Warrick stand auf; Jemand am Telefon wollte sie haben. „Einmal bin ich an einem dieser Geschäfte in der Innenstadt vorbeigekommen, und die Menschenmenge darin war schrecklich. Man weiß nie, welche Art von Krankheit man sich einfangen könnte, und die Leute sind so aufdringlich. In allen schönen Geschäften gibt es Weihnachtsartikel."

„Ich bezweifle es nicht." Claudia lächelte. „Aber die Leute von Brooke Bank haben ihre eigenen Ideen. Ihre Forderungen sind zahlreich und ihre Dollars gering eines Theaterstücks.

„Wo, sagten Sie, kommen Sie her?" Miss French musterte das Mädchen vor ihr mit plötzlichem Interesse. Etwas Neues unter der Sonne war immer das Ziel ihrer Nachforschungen und Beschäftigungen, und als ob sie es möglicherweise gefunden hätte , betrachtete sie den Gast ihrer Freundin genauer. Nicht die Jugend, nicht die helle Haut, die jetzt von Farbe gerötet war, die kam und ging, noch die langen dunklen Wimpern, noch perfekte Zähne, noch irgendetwas, das man benennen konnte, machten das Mädchen unverwechselbar, sondern etwas klar definiertes und durchdringendes. Wieder stellte sie die Frage. „Wo, sagten Sie, kommen Sie her?"

„Aus Virginia. Waren Sie schon einmal dort?"

Miss French schüttelte den Kopf.

Claudia setzte sich auf. In ihren Augen lag kein Lachen mehr, sondern echte Ungläubigkeit. „Du meinst, du warst *noch nie in Virginia?*"

"Niemals."

Die Ellbogen auf dem Tisch und das Kinn in den Handflächen, blickte Claudia Miss French genauso aufmerksam an, wie Miss French Claudia ansah. „Dann haben Sie vermutlich noch nie von Northern Neck, Westmoreland County, Essex oder ... gehört Lancaster oder King George oder –"

„Niemals. Ganz englisch, nicht wahr? Wohnen Sie dort?"

„Ich lebe in Essex. Wir liegen am Rappahannock. Es gibt keine Eisenbahn in der Grafschaft. Wir müssen das Boot nach Fredericksburg oder Norfolk nehmen, um irgendwohin zu gelangen, es sei denn, wir überqueren den Fluss in die Grafschaft Westmoreland und fahren auf die Potomac-Seite und nehmen Sie das Boot nach Washington. Waren Sie schon einmal in Washington?“

„Natürlich. Ich habe die ganze Welt ziemlich gut bereist.“

„Und das Beste weggelassen!“ Claudia lachte und stand auf, um die rauchenden Holzscheite umzudrehen. „Du darfst nicht sterben, bevor du es gesehen hast. Es gibt vielleicht nicht so viel zu sehen, aber viel zu spüren. Magst du die Fuchsjagd?“

„Habe es nie probiert.“ Wieder blickte Miss French das Mädchen an, das jetzt vor ihr stand. Sie war sicherlich keine Modefigur – das heißt keine Französin –, aber sie war anmutig und ihre Kleidung war wirklich sehr gut. Ihre Selbstlosigkeit war für ein Landmädchen ziemlich erstaunlich.

„Ich glaube, du hättest Lust auf eine Fuchsjagd. Die große Jagd werde ich dieses Jahr verpassen – Thanksgiving kommt so spät und Weihnachten ist keine Zeit.“

„Weihnachten auf dem Land muss sehr dumm sein.“

"Dumm!" Claudias Hände, die sie auf dem Rücken verschränkt hatte, öffneten sich und legten sich auf ihre Brust. „ Natürlich “ – ihr Blick richtete sich auf Miss French – „es ist eine Sichtweise, nehme ich an. Wir halten es nicht für dumm. Wir lieben es.“

Miss French stand auf, steckte ihr Zigarettenetui in ihre Samthandtasche, schlüpfte in ihren Mantel, befestigte ihren Schleier, hob ihren Muff auf, schüttelte ihn und schaute zur Tür, zwischen deren Vorhängen Mrs. Warrick stand.

„Ich dachte, du wärst endgültig gegangen, Hope. Du musst alles erzählt haben, was du wusstest, und noch mehr. Miss Keith sagte nur, dass sie Weihnachten auf dem Land liebt. Ich kann mir nichts Schlimmeres vorstellen, es sei denn, es ist Weihnachten in der Stadt.“ Ich hasse Weihnachten! Wenn ich eine Woche vorher schlafen gehen und erst eine Woche danach aufwachen könnte, würde ich es auf jeden Fall tun. Warum, Winthrop Laine!“

Auf dem Weg zur Tür blieb Miss Robin French stehen und sah den Mann an, der hereinkam; und über ihr rötliches Gesicht strich eine Farbe, die in ihrer Tiefe fast violett war. Sie war eine hübsche Frau, die sich hartnäckig dem Lauf der Zeit widersetzte. In ihren Augen lag rastloses Suchen, in ihren Bewegungen eine Energie, die in den Grenzen ihrer kleinen Welt nicht ausgeübt werden konnte; und Claudia, die sie beobachtete, verspürte plötzlich skurriles Mitgefühl. Sie war so groß, so herrschaftlich, so hungrig unglücklich.

Sie streckte ihre Hand aus. "Wie geht es dir?" Sie sagte. „Ich gehe einfach nach Hause, da deine Schwester mich nicht zum Abendessen eingeladen hat. Ich nehme an, du wirst bleiben –“

„Wenn es Abendessen geben soll. Hope hat die Möglichkeit, hin und wieder darauf zu verzichten.“ Er wandte sich an seine Schwester. „Gehst du heute Abend aus?“

„Das bin ich sicher nicht, und ich bin so froh, dass du gekommen bist! Ich habe dir viel zu sagen und zu fragen. Willst du nicht bleiben, Robin?“ Die Frage wurde schwach gestellt. „Bleiben Sie. Oh, ich bitte um Verzeihung, Claudia, Sie waren so weit weg! Sie haben meinen Bruder noch nicht kennengelernt. Winthrop, das ist Channings Cousine, Miss Keith. Bitte geben Sie ihm etwas Tee, Claudia. Ich weiß, dass er gefroren ist. Kannst du nicht bleiben, Robin – wirklich?“

„Echt nichts! Auf Wiedersehen.“ Miss French winkte mit ihrem Muff dem Mann zu, der dem Mädchen auf der gegenüberliegenden Seite des Tisches über die Teetassen hinweg die Hand schüttelte, und schüttelte den Kopf, als er auf sie zuging. „Kommen Sie nicht, Jenkins ist mit dem Auto da draußen. Ich würde zum Abendessen bleiben, aber Hope genießt ihr nicht, wenn ein hochgeschlossenes Kleid am Tisch liegt. Auf Wiedersehen, Miss Keith; bis dann-“ Morgen Abend, nehme ich an. Und wie ein guter, starker Luftzug, der vorüberzieht, war sie verschwunden.

„Ich bin froh, dass sie vernünftig genug war, nicht zu bleiben.“ Mrs. Warrick kam zum Teetisch. „Ich mag Robin, aber in letzter Zeit ist sie noch energischer und nachdrücklicher als sonst, und jedes Mal, wenn ich sie sehe, kommt es mir so vor, als würde ich belästigt und geschlagen. Warum trinkst du nicht deinen Tee, Winthrop?“

„Ich glaube nicht, dass ich Zucker hineingetan habe. Ich bitte um Verzeihung!“ Claudia nahm die Zuckerdose . „Es war Miss French, schätze ich. Sie ist so – so ein stürmischer Mensch. Ich liebe es, ihr reden zuzuhören. Wie viele, Mr. Laine?“

„Drei, bitte, und keine Kommentare, Hope. Wenn ein Mann Tee trinken muss, sollte er so viel Zucker haben, wie er will. Der letzte Klumpen war so klein, dass ich denke, Sie könnten noch einen hinzufügen, Miss Keith. Vielen Dank. Vielleicht diesen.“ ist süß genug. „Winthrop trinkt nur Tee, um den Zucker zu bekommen. Er ist genauso schlecht wie Dorothea, wenn es um süße Dinge geht.“ Mrs. Warrick wandte sich an ihren Bruder. „Bleiben Sie wirklich zum Abendessen? Bitte tun Sie es. Dies ist der einzige Abend, an dem wir eine Woche lang zu Hause sind, und Charming freut sich darauf, Sie geschäftlich zu sehen.“

"Ist er?" Laine stellte seine Tasse ab. „Nun, er wird mich heute Abend geschäftlich nicht sehen. Ich habe ein Büro in der Innenstadt. Lassen Sie in Ihrem Teil der Welt, Miss Keith, Männern niemals die Chance, zu vergessen, dass es so etwas gibt." als Geschäft?"

Claudia stand auf. „Ich fürchte, sie haben zu große Chancen." Sie legte ihre Hand leicht auf Mrs. Warricks Arm. „Entschuldigen Sie mich, Hope? Ich muss einen Brief schreiben." Sie verneigte sich leicht in Laines Richtung und war verschwunden, bevor er die Tür erreichen und die Vorhänge für sie beiseite schieben konnte.

Mrs. Warrick lehnte sich in ihrem Stuhl zurück und verschränkte die Arme. „Setz dich, Winthrop, und lass uns reden. Ich bin so froh, ein wenig Zeit allein mit dir zu haben. Ich habe so selten das –"

„Ihr Gast hat sicherlich nicht lange gezögert, es Ihnen zu geben. Sie konnte kaum etwas anderes tun, als zu gehen, nachdem Sie darauf bestanden hatten, mir Dinge zu erzählen. Wozu im Namen des Himmels haben Sie das getan? Glaubt sie, wir wissen es nicht? Wie verhält man sich hier oben?

„Oh, sie versteht! Sie weiß, dass du nicht gekommen bist, um sie zu besuchen, und außerdem ist sie nach oben gegangen, um ihrer Mutter zu schreiben. Wenn König George hier gewesen wäre, wäre sie gegangen. Weißt du, ich hatte wirklich Angst Sie kommt, aber ich brauche es nicht. Sie war an vielen Orten – war ein Jahr im Ausland mit einer ihrer Schwestern, deren Mann Sekretär oder so etwas bei einem unserer Geistlichen oder sonst jemandem war –, aber sie kennt New York nicht Überhaupt nicht. Sie hat bereits eine Reihe von Freunden ihrer Freundin kennengelernt, und ich muss keine Männer für sie auftreiben. Gestern Abend bei Van Doren hatte sie mehr um sich, als sie reden konnte. Das habe sie schon immer getan, sagt Channing . Sie wird Sie nicht stören und bleiben Sie nicht weg, weil sie hier ist. Sagen Sie mir" – sie legte ihre Hand auf sein Knie – „ist es wahr, dass Sie nächsten Monat nach Panama fliegen? Robin French sagte mir, sie habe gehört, dass Sie gehen würden am zwölften."

„Wenn Miss French Märchen so schnell verkaufen könnte, wie sie sie wiederholen kann , würde sie ein Vermögen machen. Ich habe keine Ahnung, was ich nächsten Monat tun werde."

„Ich wünschte, ich wüsste nicht, dass ich zu Weihnachten nach Savannah fahre. Es ist Channings Jahr und natürlich sollten wir zu seiner Mutter gehen, da sie zu alt ist, um zu uns zu kommen, aber es ist so viel los, und dann." Du wirst allein sein.

„Oh, das schaffe ich schon. Das einzig Gute an Weihnachten ist, dass es nicht lange dauert." Er beugte sich vor und drehte mit der Zange einen glimmenden Baumstamm um. „Aber es ist unverständlich, wie eine Frau, die ein Haus hat, so ewig in die Häuser anderer Leute gehen kann. Morgen Abend gehst du –"

„Zu den Schneidern . Mrs. Taillors Debütantin-Tochter verbeugt sich zum ersten Mal vor …"

„Die kapitalisierte Gesellschaft, nicht wahr? Armes Kind! Die Schmerzen des Vergnügens sind zahlreich."

„Das sind sie auf jeden Fall! Sie sieht aus wie ein verängstigtes Kaninchen, und ich habe sie erst vor einer Woche sagen hören, dass sie lieber sterben würde, als Debütantin zu werden. Aber sie macht weiter. Ihre Mutter wird die Männer einsperren und sie zwingen, hereinzukommen." und schenke ihr Aufmerksamkeit. Gehst du?"

"Kaum." Laine blickte auf seine Uhr. "Zu welcher Zeit isst du zu Abend?"

„Sieben. Es ist Zeit für mich, mich anzuziehen." Mrs. Warrick stand auf. „Bitte seien Sie anständig und gehen Sie morgen Abend, Winthrop. Mr. Taillor war so ein guter Freund, und Mrs. Taillor wird sich sehr freuen. Vergessen Sie nicht, dem Kind Blumen zu schicken. Ich frage mich, ob Claudia bereit ist. Dorothea packt sie bei jeder Gelegenheit, und ich bezweifle nicht, dass sie in dieser Minute bei den Kindern ist. Sie wird bleiben, bis das Abendessen serviert wird, also machen Sie sich keine Sorgen; und um Himmels willen, lassen Sie sich nicht von ihrer Anwesenheit abhalten weg."

VIII
DER EMPFANG

Winthrop Laine ging die überfüllten Stufen hinunter in den überfüllten Salon und ging langsam durch die Tür zu dem Ort, wo Mr. und Mrs. Taillor und ihre Tochter ihre Gäste empfingen und sie mit einer Geschwindigkeit weiterleiteten, die glaubwürdig gewesen wäre zum Hüter eines menschlichen Roulettespiels, und als er sie erreichte, wurde sein Name mit unbehaglicher Deutlichkeit gerufen.

„Nun, das ist eine Überraschung!" Beide Hände von Mrs. Taillor hielten Laines. „Aber empfehlen Sie mich einer Person, die weiß, wann sie ihre Meinung ändern muss. Jessica, Sie sollten sich geehrt fühlen. Sehr schön, dass Sie gekommen sind! Wie geht es Ihnen, Frau Haislip?" Und auch Laine wurde weitergegeben und befand sich einen Moment später in einer Ecke, von der aus er die Tür und alle, die hereinkamen, im Auge behalten konnte.

Warum war er hier? Er wusste es nicht. Die Luft war schwer von Parfüm. In der Ferne erreichte ihn schwach Musik, und das Pochen und Rühren, die Farbe und das Leuchten interessierten ihn einige Minuten lang, während er sich in dem hübschen Raum mit seinen großen Palmen, seinem Blumenreichtum, seinen strahlenden Lichtern und den Strömen prächtig gekleideter Frauen umsah wohlhabend aussehende Männer, und dann fragte er sich, was ihn dazu bewogen hatte, so etwas noch einmal zu beginnen. Zu kommen war eine plötzliche Entscheidung gewesen. Vor langer Zeit hatte die Tristesse solcher Funktionen dazu geführt, dass sie aufgegeben hatten, aber die Lust, noch einmal auf jemanden zu schauen, hatte ihn auf unerklärliche Weise besessen, und er war gekommen.

Oben auf der Herrentoilette war sein Wiederauftauchen scherzhaft kommentiert worden, und mit gutmütigem Händeschütteln war er wieder willkommen geheißen worden; aber hier unten waren viele Gesichter fremd und Gestalten nicht wiederzuerkennen; und mit etwas Schock erkannte er, wie wenige Jahre nötig waren, um das Personal irgendeiner Abteilung der Menschheit zu verändern. Die Hitze war enorm, und er bewegte sich weiter zurück zu einem Schirm aus Palmen in der Nähe eines halboffenen Fensters, zog eines davon leicht nach vorne, damit es sehen und nicht gesehen werden konnte, und beobachtete erneut jeden Neuankömmling mit leichten Überlegungen, ob er oder sie es war bekannt oder nicht.

Eine Zeit lang war es rätselhaft, dass immer wieder neue Gesichter auftauchten, von denen er hier und da eins gut oder nur wenig kannte; Doch allmählich ließ die Wirkung nach, und er fragte sich, ob er entkommen könnte, als er seinen Namen rief.

„Ausgerechnet Winthrop Laine!" Miss French streckte ihre Hand aus. „Aus welchem Schlupfloch haben Sie sich diese vorübergehende Show zum Spott der Menschen angeschaut? Darf ich reinkommen?"

"Sie können."

Miss French trat hinter die Palmen und schob ein hohes Blatt beiseite. „Sie und ich sind zu alt für diese Dinge, Winthrop. Ich weiß nicht, warum ich komme – um von mir selbst wegzukommen, nehme ich an. Schauen Sie sich diese Miss Cantrell an! Sie stellt ihre Knochen zur Schau, als wären sie eine Privatsammlung davon Sie war stolz! Und haben Sie jemals etwas so Abscheuliches gesehen wie das Kleid, das Miss Gavins trägt? Pariser Grün könnte nicht tödlicher sein. Ich hörte Mathilda Hickman ihr gerade sagen, sie solle es auf jeden Fall zu ihrem Abendessen nächste Woche tragen, es war so schick; und erst gestern hat sie bei einem Mittagessen, bei dem alle darüber geredet haben, darüber geschrien, Mr. Trehan soll beim Abendessen anwesend sein, und Mathilda möchte, dass jede Frau am schlechtesten aussieht. Hallo! Da kommen Channing und Hope und der Cousin vom Land. Eigentlich ein netter Mensch, furchtbar jung und unerfahren, aber …" Sie steckte ihre Lorgnette hoch. „Sie reden mit Miss Cantrell. Miss Keith sieht weder zu Miss Cantrell noch zu Miss Gavins gut aus. Ihre Schultern sind ausgezeichnet und ihr Kopf perfekt positioniert. Das weiße Kleid steht ihr. Waren Sie im Esszimmer?"

Laine kam hinter den Palmen hervor. „Nein, ich sollte auf Hope warten. Ich bin furchtbar froh, dich gesehen zu haben, Robin. Ein Fremder in einem fremden Land hat eine Chance, aber ein Mann, der seinen Platz verloren hat, hat keine „Ich habe den Schritt verloren, und ich" – er lachte – „Ich habe den Schritt vor langer Zeit verloren. Wir sehen uns wieder." Und als Miss French zusah, sah sie, wie er Miss Keith in Besitz nahm und mit ihr aus dem Zimmer ging.

Eine halbe Stunde später fand Laine am Ende des Flurs gegenüber dem Esszimmer einen Stuhl für Claudia, und als sie sich setzte, wischte er sich die Stirn. „Früher habe ich Fußball gespielt, aber –"

„Du hast kein Training mehr? Ich glaube nicht, dass du mehr als drei Männer an den Schultern gepackt und beiseite gelegt hast. Ich verstehe Fußball nicht besonders gut, aber ein Esszimmer scheint der Mittelpunkt zu sein." Schauen Sie sich bitte die Menschenmenge da drüben an!" Sie nickte in Richtung der offenen Tür, durch die man eine Menge kämpfender Männer sehen konnte. „Ist es nicht seltsam – der Eifer, mit dem ein Teller Salat verfolgt wird?"

„Und der Ernst, mit dem es verschlungen wird." Laine steckte sein Taschentuch in die Tasche. Würdest du hier einen Moment warten, bis ich dir etwas besorgen kann? Ich komme wieder-"

„ Das werde ich in der Tat nicht tun.“ Claudia stand auf. „Es macht Spaß, es anzusehen, aber nur Früchte vom Baum des Lebens wären einen solchen Kampf wert. Wenn ich auf einen Bilderrahmen oder eine Gardinenstange steigen könnte, oder auf irgendetwas anderes, von dem aus ich auf einen … herabblicken könnte Bei einer Show wie dieser würde ich eine schöne Zeit haben, aber“ – sie öffnete ihren Fächer – „es ist ziemlich stickig, dabei zu sein.“

Laine blickte sich um. Er kannte das Haus gut. Neben der Bibliothek, die jedoch keinen Zugang zu ihr bot, befand sich ein kleines Zimmer von Taillor , das nur über einen schmalen Gang zu ihrer Rechten zu erreichen war . Er ging weg und schaute zur Tür hinein. Der Raum war leer.

„Ich denke, dort wird es bequemer sein“, sagte er, als er zurückkam, und sah dann, dass sie mit einem Mann sprach, den er schon lange kannte und den er schon lange nicht mochte. Er hielt einen vorbeigehenden Diener an, einen Mann, der einst bei einem seiner Clubs angestellt gewesen war. „Bring ein paar Sachen hierher und sei schnell, ja, David?“ sagte er und sprach dann mit dem Mann, der mit Miss Keith sprach.

Seine Begrüßung an Dudley war nicht herzlich. Es fiel ihm tatsächlich schwer, Claudia nicht sofort mitzunehmen. Dudley war nicht der Typ Mann, mit dem sie etwas zu tun haben konnte. In einer unglaublich kurzen, aber für Laine irritierend langen Zeit war David zurück, reichlich versorgt; und mit einem Nicken wurde er in das Zimmer am Ende des schmalen Flurs geleitet, und Laine drehte sich zu dem Mädchen an seiner Seite um. "Sind Sie bereit?"

"Gute Nacht." Miss Keith streckte ihre Hand aus. „Bettina hat dir viele Nachrichten geschickt.“

„Ich komme, um sie abzuholen – darf ich?“ Mr. Dudleys Augen waren offen gesagt gespannt. „Aber wohin gehen Sie? Laine war schon immer eine Monopolistin. Was machen Sie eigentlich bei einer solchen Sache, Laine? Schenken Sie ihm keine Beachtung, Miss Keith. Er besteht nur aus Fakten und Zahlen und dem Schaum davon.“ Das Leben ist nicht in ihm. Ich bin eine viel bessere Gesellschaft.

Die letzten Worte gingen im Gedränge der Neuankömmlinge unter, und Laine ging schnell voran in den Raum, in dem David wartete. Durch die offene Tür drang der Klang der Musik über das schrille Auf und Ab vieler Stimmen hinweg; Und als Claudia sich neben den Tisch setzte, auf dem verschiedene Teller standen, legte sie die Hände an die Seiten ihres Gesichts und zog sie lachend weg.

„Haben Sie jemals eine Herzmuschelschale an Ihr Ohr gehalten und ihr Brüllen bemerkt?“ Sie fragte. „So klingt ein Tea, wenn nur Frauen dabei sind. Wenn Männer dabei sind, ist es eher so. Was ist das?“ Sie hielt ihre Gabel einen Moment lang in der Luft. „Es ist schrecklich gut, aber sehr schwer zu fassen. Was meinst du, was es ist?"

„Eine Reihe von Vermutungen würden es nicht treffen. Clicot liefert das Futter, glaube ich; ich sehe seine Männer hier, und Clicots Lebensziel ist es, ein neues Gericht zu kreieren. Ich freue mich, dass es Ihnen gefällt. Es ist genauso nah." nichts wie alles, was ich je gegessen habe. Fühlst du dich wohl? Ist der Stuhl in Ordnung?"

Claudia nickte. „Warum setzt du dich nicht? Es tut mir leid, dass wir die Leute nicht sehen können, aber es ist schön, nicht in der Menge zu sein." Sie sah sich im Raum um. „Das ist ein sehr schönes Haus. Ich habe nie mehr wunderschöne Blumen gesehen, und morgen", sie seufzte seltsam, „morgen ist alles vorbei – und die Blumen verblühten."

„Verwelkte Dinge sind die Strafe für Reichtum. Die einzige Entschädigung für Torheiten dieser Art ist, dass sie bald vorbei sind."

„Ich glaube nicht, dass es immer Torheiten sind. Als ich jung war –"

Er sah auf sie herab, in seinen Augen lag ein ruhiger Glanz. „Wann warst du was?"

„Jung. Wirklich jung, meine ich. Ich habe meine Party gefeiert, als ich achtzehn war. Ich erinnere mich noch gut daran." Sie lachte fröhlich. „Aber natürlich verändern wir uns mit der Zeit. Meine Schwester sagt, ich entwickle eine schreckliche Krankheit. Das ist eine Tendenz. Hatten Sie das jemals?"

"Ein Was?"

„Eine Tendenz – nachzudenken, sich zu wundern und Fragen zu stellen, wissen Sie. Sie sagt, Menschen, die darunter leiden, geben sich große Mühe. Aber wie kann man einer Sache helfen, die einem angeboren ist?" Sie beugte sich vor, schob die Teller beiseite und verschränkte die Arme auf dem Tisch. „Ich habe mich immer über Dinge gewundert, aber ich bin erst mit über zwanzig ganz aufgewacht. Ich mache es den Leuten nicht übel, dass sie so etwas haben", sie wedelte mit den Händen, „das heißt, wenn sie so etwas mögen." Ding." Sie sah zu ihm auf. „Wir sind wie Kinder. Wir alle lieben es, uns ab und zu etwas zu gönnen. Nicht wahr?"

„Es sieht so aus. Splurge hat verschiedene Formen." Laine beugte sich vor, die Hände locker zwischen den Knien verschränkt. „Aber die Tendenz – ist sie ansteckend?"

Sie lachte. „Auf dem Land ist es so. Ich lebe auf dem Land, aber es hat sich bei mir erst entwickelt, als ich mehrere Winter in der Stadt verbracht habe. Früher habe ich solche Dinge geliebt. Über viele andere Dinge wusste ich nicht viel.", und als ich herausfand, begann ich, die Menschen anzuschauen und mich zu fragen, ob sie wussten und ob sie sich darum kümmerten und was sie damit machten – ihr Leben, meine ich, ihre Chance, ihre Zeit, ihr Geld. Eines Winters war es soweit So schlimm, dass Lettice mich nach Hause geschickt hat. Lettice lebt in Washington, sie ist meine zweite Schwester. Meine älteste Schwester ist Witwe und lebt immer noch in London, wo ihr Mann vor zwei Jahren starb. Ich habe immer nach fröhlichen und echten Gesichtern gesucht, ganz bestimmt Glück; und so viele Menschen sahen gelangweilt, genervt und müde aus, dass ich es nicht verstehen konnte – und Lettice zwang mich, nach Hause zu gehen. Ihr Mann ist im Kongress und sie sagte, ich wollte zu viel wissen."

„Haben Sie schon gefunden, wonach Sie gesucht haben?" Laine lehnte sich in seinem Stuhl zurück und beschattete seine Augen mit der Hand.

"Ja." Sie lachte leicht und stand auf. „Man kann alles finden, denke ich, wenn man richtig danach sucht. Und an solch unerwarteten Orten findet man Dinge!" Sie blieb stehen und lauschte. „Ich glaube, die Leute gehen nach Hause. Bitte bringen Sie mich nach Hope. Ich kann mir nicht vorstellen, warum wir so lange hier geblieben sind!"

IX
DOROTHEA STELLT FRAGEN

Am Bibliotheksfenster zog Dorothea die Vorhänge beiseite und blickte auf die Straße. Dann blies sie sanft auf die Scheibe und malte mit dem Finger vier große Buchstaben darauf, dann wischte sie sie weg und ging zurück zum Kaminsims, vor dessen Spiegel sie auf den Zehenspitzen die Schleife an ihrem Haar betrachtete und sie vorsichtig zurechtrückte.

„Ich verstehe nicht, warum sie nicht kommen", sagte sie gekränkt und strich ihren Rock glatt. „Es ist Zeit, und ich werde sowieso klingeln, um Tee zu holen. Mutter sagte, ich könnte ihn einschenken, und ich werde ganz allein Dame spielen, wenn niemand zum Spielen kommt. Ich glaube" – sie drehte den Kopf – „ Ich glaube, dass sie jetzt kommen.

Wieder ging sie ans Fenster und klingelte, um Tee zu bestellen. „Schnell, Timkins ; bitte beeilen Sie sich und bringen Sie es herein, bevor sie kommen", sagte sie. „Sie werden eingefroren." Und als Timkins verschwand, legte sie einen neuen Scheit auf das Feuer, rückte den Tisch näher heran und setzte sich daran.

„Ich bin eine Anstandsdame. Ich betreue meinen Onkel Winthrop und meine Cousine Claudia!" In freudiger Freude schaukelte sie hin und her und verschränkte ihre Hände fest. „Es tut mir leid, dass Mutter Kopfschmerzen hat, aber ich bin auf jeden Fall froh, dass ich ihnen Tee einschenken kann. Ich weiß allerdings nicht, warum jemand an einem solchen Tag reiten gehen möchte; ich würde frieren." Sie richtete das bestickte Tuch auf dem Tisch zurecht, während Timkins das Tablett darauf stellte, zündete die Lampe unter dem Wasserkocher an, nahm die Teedose und maß großzügig den Inhalt ab.

„Ich werde vorsichtig sein und mich nicht verbrennen." Sie winkte Timkins hinaus. „Sie kommen gleich rein. Das ist das Komischste an Onkel Winthrop", fuhr sie fort, als wäre sie dabei, die Teetassen zu ordnen. „Er wollte Cousine Claudia nicht besuchen, und jetzt kommt er jeden Tag hierher. Wäre es nicht lustig, wenn er sie als Liebling haben wollte – und wäre es nicht großartig!" Ihre Arme wurden ausgestreckt und dann entzückt an ihre Brust gedrückt; aber sofort wurde ihr Gesicht ernüchtert. „Aber er kann sie nicht haben, weil sie jemand anderem gehört. Ich frage mich, ob er es weiß? Er sollte es, denn Miss Robin sagt, wenn er etwas will, gibt er nie auf, bis er es bekommt, und er kann sie nicht bekommen, wenn." Sie hat es geschafft. Mutter sagt, er kommt einfach her und nimmt sie mit und schickt ihr Blumen und andere Dinge, weil sie ihn gebeten hat, nett zu ihr zu sein; aber ich glaube nicht, dass das nur aus Freundlichkeit geschieht. Sanftere Männer sind nicht freundlich zu Damen, wenn sie es tun Ich mag sie nicht.

Ich glaube – Heigho , Cousine Claudia!" Sie winkte hinter dem Tisch hervor. „Hattest du eine schöne Fahrt? Wo ist Onkel Winthrop?"

"Kommen."

Laine zog seine Handschuhe aus, kam in die Bibliothek, und als er den Tisch erreichte , nahm er Dorothea die gerade eingeschenkte Tasse Tee aus den Händen und reichte sie Claudia.

„Bist du eingefroren?" Seine Stimme klang leicht besorgt. „Wir hätten nicht gehen sollen – ich wusste nicht, wie kalt es war."

„Es war kein bisschen zu kalt. Ich liebe es." Claudia schüttelte den Kopf. „Aber ich möchte keinen Tee, bis meine Hände die Tasse halten können. Sie *sind* kalt." Mit dem Fuß auf dem Kotflügel streckte sie erst die eine, dann die andere Hand dem lodernden Feuer entgegen und lachte in Dorotheas weit geöffneten Augen. „Was ist los, Frau Gastgeberin? Ist irgendetwas mit mir los?"

„Deine Wangen sehen aus, als wären sie bemalt. Das war nicht der Fall, als du ausgegangen bist."

"Tun sie?" Claudia legte die Hände vors Gesicht. „Der Wind hat es geschafft." Sie nahm ihren Hut ab, legte ihn auf den Tisch, lockerte die Haare an ihren Schläfen und setzte sich auf den mit Wandteppichen bestickten Fußschemel neben dem Kamin. „Ich trinke jetzt bitte etwas Tee. Gibt es Sandwiches? Ich bin am Verhungern. Wo ist deine Mutter, Dorothea?"

„Krank. Habe Kopfschmerzen. Ich soll Tee einschenken, es sei denn, du möchtest lieber." Sie stand widerwillig auf. "Würdest du?"

„ Tatsächlich würde ich es nicht tun." Claudia winkte zurück. „Du passt wunderbar zu diesem Tisch. Wenn du eine echte erwachsene Dame bist, wirst du nichts auslassen; aber dieses Mal hast du den Zucker vergessen."

„Habe ich? Ich habe wohl an etwas anderes gedacht." Zwei Klumpen wurden in den Becher gegeben, den Laine ihr reichte. „Wo seid ihr heute Nachmittag alle hingegangen?"

Claudia sah Laine an. „Ich kenne die Namen der Orte hier nicht. Wo sind wir hingegangen?"

„Wir gingen …" Laine stellte seine Tasse auf den Tisch, zog einen Stuhl näher an das Feuer und setzte sich. „Ich habe den Namen der Straße vergessen."

"Vergessene!" Dorothea hörte auf, mit den Löffeln zu klappern. „ Du hast mir einmal erzählt, dass du im stockfinsteren Raum alle Straßen im Umkreis von zwanzig Meilen um New York kanntest. Ich finde es sehr komisch, dass du nicht weißt, wo du gewesen bist. Du hättest nicht viel suchen können."

„Wir haben gar nicht nachgeschaut. Es war zu kalt", Laine legte einen weiteren Scheit ins Feuer, „die Straßen waren zugefroren, und wir konnten nur dafür sorgen, dass die Pferde nicht ausrutschten."

„Konntest du nicht reden?"

„Nicht viel. Miss Keith besteht darauf, ihr Pferd vor meinem zu lassen. Es schneit! Wussten Sie das?"

Dorothea sprang auf und lief zum Fenster. „Es war nicht erst jetzt, als ich aufgepasst habe. Ja, das ist es." Sie spähte durch die Scheibe und drückte ihre Nase dicht daran. „Es hat seit der ersten Woche, in der du hier warst, nicht mehr geschneit, Cousine Claudia, und das ist fast einen Monat her. Ich hoffe, dass es fünfzehn Meter hoch schneit, sodass die Autos nicht fahren können, und dass der Fluss zufriert, damit die Boote fahren können." „Geh nicht hinunter, und dann musst du bleiben; und wir auch , und wir könnten Weihnachten alle zusammen sein. Wünschst du das nicht auch, Onkel Winthrop?" Sie kam zurück und lehnte sich gegen den Stuhl ihres Onkels. „Wussten Sie, dass Cousine Claudia nächste Woche nach Hause gehen würde?"

„Sie hat es mir heute Nachmittag gesagt."

„Das bin ich auf jeden Fall." Mit den Ellbogen auf den Knien und dem Kinn in den Händen blickte Claudia direkt ins Feuer. „Wenn dein Wunsch in Erfüllung geht, Dorothea, besorge ich mir ein Luftschiff. Ich rechnete damit, drei Wochen zu bleiben, und werde fünf geblieben sein, bevor ich zurückkomme. Ich sollte in dieser Minute zu Hause sein."

„Ich glaube nicht, dass fünf Wochen lang sind. Ich denke, es ist sehr kurz." Dorothea setzte sich auf einen Hocker zu Füßen ihres Onkels und sah ihm ins Gesicht. „Vater sagt, er fände es geradezu gemein von ihr, vor uns zu gehen. Glaubst du nicht, dass sie bleiben könnte, Onkel Winthrop?"

"Ich tue." Laine änderte seine Position und wandte den Blick von Dorotheas Augen ab. „Können wir nichts tun, damit sie ihre Meinung ändert?"

"Ist da?" Dorothea reagierte wütend auf Claudia. „Ich denke, das solltest du tun, denn Mutter sagt, Onkel Winthrop fängt gerade erst an, sich wie ein Christ zu benehmen, wenn er sie regelmäßig besucht, und wenn du gehst, hört er vielleicht auf, sich so zu benehmen. Wirst du heute Abend zum Abendessen bleiben?" Sie nahm Laines Hand und verschränkte ihre Finger mit seinen. "Bitte."

„In diesen Klamotten?"

Dorothea zögerte. „Mutter würde sie nicht mögen, aber …" Sie sprang auf und klatschte vor Freude in die Hände. „ Mutter hat Kopfschmerzen und kommt heute Abend nicht vorbei, und wenn du bleibst, glaube ich, wird sie mich mit dir zu Abend essen lassen. Ich hasse Dummheiten in Sachen Kleidung, und das sind die schicksten, die du trägst; und außerdem im Hunt Club isst man darin, und warum kann man das hier nicht einmal machen? Wäre es nicht großartig, wenn ich sitzen könnte?" Dorothea wirbelte herum und herum. „Vater ist nicht in der Stadt und Channing hat eine kleine Erkältung und kann sein Zimmer nicht verlassen, und ich bin so einsam. Oh, bitte, Onkel Winthrop, bitte bleib!"

„Fragen Sie Miss Keith, ob ich bleiben kann. Sie hat vielleicht noch andere Verpflichtungen."

"Hast du?" Dorothea kniete neben Claudia, die Hände auf ihren Schultern. „Und darf er bleiben? Du musst dich auch nicht umziehen. Du siehst in diesen Reitsachen edel aus, und wenn du den Mantel ausziehst, würde jeder, der es nicht wüsste, denken, du wärst ein kleines Mädchen, die Der Rock ist so kurz und knapp, und deine Haare mit der Schleife hinten sehen aus wie ich. Kann er nicht bleiben, Cousine Claudia?"

„Wenn er will, natürlich. Es tut mir leid, dass deine Mutter krank ist. Sie hat es mir beim Mittagessen nicht gesagt."

„Es sind nur Kopfschmerzen, und da Vater weg ist und es nichts gibt, wohin man gehen kann, dachte sie wohl, sie würde sich ausruhen und etwas lesen. Gehst du heute Abend aus?"

Claudia stand auf. „Nein, ich gehe nicht aus; aber ich muss einen Brief schreiben. Bleiben Sie zum Abendessen, Mr. Laine?"

„Das werde ich. Vielen Dank, Miss Warrick. Die Einladung wurde von Miss Keith erzwungen, aber ich nehme sie trotzdem an." Laine, der aufgestanden war, legte seine Hand auf Dorotheas Schulter. „Ich denke, wir werden eine sehr schöne Dinnerparty veranstalten."

„Ich werde die Aufsicht übernehmen!" Dorothea erhob sich zu voller Größe und balancierte auf den Zehenspitzen. „Miss Robin French sagte neulich, sie könne nicht an einem Ausflug teilnehmen, weil es keine Begleitperson gäbe; und wenn eine Dame mit einem Muttermal am Kinn und fast vierzig Jahren eine Begleitperson haben muss, werden Sie das vermutlich alle tun. Bitte tun Sie das nicht. Ich bleibe nicht lange, Cousine Claudia. Wenn du Mutter, Onkel Winthrop, nicht sehen willst, werde ich mit dir reden, denn nach dem Abendessen muss ich sofort ins Bett gehen, da ich aufgewachsen bin. Buch Kind, und dann seid ihr und eure Cousine Claudia ganz allein. Aber wenn du Mutter fragen würdest, würde sie mich vielleicht dieses eine Mal aufrecht sitzen lassen. Soll ich ihr sagen, dass du es sagst?"

Laine hielt die Vorhänge auf, damit Claudia ohnmächtig wurde. „Wir wären doch nicht so grausam, sie am Leben zu halten, oder?" fragte er und lächelte in die Augen, die sich schnell von ihm abwandten. „Du wirst nicht lange wegbleiben und dich nicht umziehen?"

„Ich werde pünktlich zum Abendessen zurück sein – und ich werde mein Kleid nicht wechseln. Erzähl Dorothea von den Vögeln, die wir heute Nachmittag gesehen haben."

In der Stunde, die verging, bis Claudia zurückkam, hatte Dorothea die Gelegenheit, selten zu einem ungestörten Gespräch zu kommen, und dass ihr Onkel wenig sagte, fiel ihr erst nach einiger Zeit auf. Plötzlich blickte sie auf,

„Ich glaube nicht, dass du deine Lippen geöffnet hast, seit Cousine Claudia die Treppe hinaufgegangen ist", sagte sie. „Ich wundere mich nicht, dass du nicht weißt, wohin du heute Nachmittag gegangen bist, wenn du nicht mehr gesehen hast, als du jetzt hörst. Du weißt überhaupt nichts, worüber ich gesprochen habe."

Laine hob erschrocken den Kopf. „Oh ja, das tue ich. Du hast gesagt – gesagt –"

„Das habe ich dir gesagt! Du wusstest nicht einmal, wo du warst! Du warst weit weg von irgendwo." Dorotheas Stimme war triumphierend. „Ich möchte dich etwas fragen , Onkel Winthrop. Ich werde es niemandem erzählen." Sie machte es sich bequemer auf dem Hocker zu seinen Füßen und verschränkte ihre Arme auf seinen Knien. „Findest du meine Cousine Claudia nicht nett?"

"Sehr schön." Laine holte sein Taschentuch heraus, wischte seine Brille ab und hielt sie ans Licht.

„Und findest du nicht, dass sie einen schönen Mund hat? Wenn sie redet, beobachte ich sie, als hätte ich kein bisschen Verstand." Dorothea musterte kritisch das Gesicht ihres Onkels. „Deine Augen sind dunkel, und ihre sind hell, mit dunklen Rändern um den sehenden Teil herum, und sie reicht dir gerade bis zur Schulter; aber ihr seht zusammen so schön aus. Ich hoffe, dass es dir leid tut, was du über sie gesagt hast, bevor sie kam. "

"Welche Sachen?"

„Dass ihr Gesicht vielleicht rot war und ihr Haar rot war und ihre Hände rot waren, oder wenn nicht, waren sie vielleicht blau. Tut es dir nicht leid?"

„Es tut mir sehr leid, Dorothea. Ich war an diesem Abend unhöflich und müde und besorgt. Vergessen wir es."

„Ich habe es ihr nie gesagt, aber ich vermute, dass du deine Meinung geändert hast, denn du warst in letzter Zeit so oft hier und bist mit ihr an so viele Orte gegangen, an die du nicht gerne gehst, dass ich dachte –"

„Was hast du gedacht, Dorothea?"

„Vielleicht –" Dorothea streichelte Laines Finger einen nach dem anderen – „vielleicht mochtest du sie ein bisschen. Erinnerst du dich nicht, dass ich dich gebeten habe, sie zu mögen, und du schienst nicht geglaubt zu haben, dass du das tun würdest. Aber du tust es, nicht wahr? Ich werde es niemandem erzählen. Magst du sie nicht, Onkel Winthrop?"

„Ich mag sie sehr, Dorothea." In Laines klarem Gesicht kroch die Farbe bis zu seinen Schläfen. „Sie ist ganz anders als alle anderen, die ich habe –"

"Ich wusste du würdest." Dorotheas Hände ballten sich aufgeregt. „Ich wusste es sofort, als ich sie sah, denn sie hat kein bisschen Rüschen, und du magst Rüschen genauso wenig wie ich, und sie auch nicht. Sie sieht durch Menschen hindurch, als wären sie Glas, und Sie erzählt uns die großartigsten, fröstelndsten und lustigsten Geschichten, die Sie je gehört haben. Ich wette, sie erzählt Channing gerade eine. Sie liebt Kinder. Ich bin so froh, dass Sie sie mögen, Onkel Winthrop. Ich wusste, dass Sie es tun würden, wenn Sie sie sehen würden, aber ich Ich wusste nicht, dass du sie so oft sehen würdest.

„Wie könnte ich es verhindern, wenn ich sie einmal gesehen hätte? Die Mühe bestand darin, sie dazu zu bringen, mich zu sehen. Vielleicht denkt sie, ich sei zu alt, um …"

„Oh, sie weiß, dass Sie nicht der Typ Schatz sind – Miss Robin French hat es ihr gesagt, und Mutter und alle sagen, Sie seien zu festgefahren , um zu heiraten, und deshalb glaube ich, dass sie Sie mag, weil Sie es nicht sind So etwas. Sie hasst Flum- Gerede, und du redest vernünftig und so. Sie hat es Vater gesagt. Hier ist sie jetzt. Bitte bleib bei Onkel Winthrop, Cousine Claudia, während ich Mutter frage, ob ich mit dir zu Abend essen darf." Dorothea stand auf. „Du hast deine Reitstiefel ausgezogen, nicht wahr?"

Claudia schaute auf ihre Hausschuhe. „Das habe ich auf jeden Fall. Ich trage im Haus nie hohe Schuhe. Deine Mutter sagt, dass du mit uns zu Abend essen kannst, aber sie will dich sehen, sobald es vorbei ist. Ihre Kopfschmerzen sind besser, aber sie hat keine Lust zu kommen." heute Abend unten.

X
EINE ENTDECKUNG

In einem Stuhl mit seltsamen Schnitzereien, die Füße auf einem Stapel Bücher, die ausgepackt worden waren, für die aber noch kein Platz war, lehnte sich Winthrop Laine teils entspannt, teils angespannt zurück und betrachtete mit halb geschlossenen Augen ein Bild an der Wand gegenüber. Eine Stunde, zwei Stunden lang hatte er so gesessen. Auf seinem Schreibtisch lag ein unvollendeter Artikel, aber „Die Strafen des Fortschritts" interessierte ihn heute Abend nicht, und nach vergeblicher Mühe, ihn zu schreiben, hatte er die Seiten beiseite geworfen und sich der Unruhe hingegeben, die ihn erfasste.

In seinen Händen hielt er einen kleinen Kalender, mit dem er unbewusst auf die Armlehne seines Stuhls klopfte; aber nach einer Weile blickte er noch einmal darauf und markierte mit seinem Bleistift das Datum des Monats. Es war der fünfzehnte Dezember. Am 18. ging Miss Keith nach Hause. Drei Tage blieben noch von ihrem Besuch übrig, ein Monat davon war vergangen, und nachdem sie gegangen war – Er bewegte sich unruhig, änderte seine Position, legte den Kalender hin, stand dann auf und begann, im Zimmer hin und her zu gehen. Ein langer Spiegel füllte den Raum zwischen den beiden Südfenstern, und als er ihn erreichte , mied er eine Zeit lang das Gesicht, das er darin sah; aber nach einer Weile blieb er davor stehen, die Hände in den Taschen, und sprach mit lächelnder Bitterkeit darauf.

„Zieh es ab, Mann, zieh es aus! Alle Männer tragen Masken, aber sie müssen nicht damit ins Bett gehen. Jahrelang hast du so getan, gelächelt, geflucht, mit all den Spielsachen gespielt, mit dem Besten gearbeitet, was du hattest , und glaubte, du wärst zufrieden. Und mit vierzig findest du heraus, was für ein Idiot du warst. Du liebst sie. Sie ist noch nicht verheiratet, wenn sie mit einem anderen Mann verlobt ist – und wenn du keinen Streit hast Du, mach ein Loch und geh hinein!"

Im Glas sah er, wie sein Gesicht weiß wurde, wie die Falten auf seiner Stirn anschwollen, wie seine Augen vor rebellischem Schmerz dunkel wurden, und als er sich abwandte, ging er zu einem Fenster, öffnete es und ließ die kalte Luft auf sich strömen. Auf der Straße waren nur wenige Menschen, und in den Fenstern gegenüber war wenig Licht. Die Nachbarschaft war ausschließlich korrekt; und erst an diesem Abend, als er vom Club nach Hause ging, hatte der Mann, der ihn begleitete, ihn offen um seine Lebensweise, seine Freiheit und Unabhängigkeit beneidet. Er schloss das Fenster, schaltete einige Lichter aus und ging zurück zu seinem Stuhl. „Ich bin ein völlig freier und unabhängiger Mensch", sagte er laut. „Ein äußerst wünschenswerter Zustand für einen Mann ohne Herz." Warum hatten

Männer überhaupt ein Herz, und vor allem ein so seltsames Herz wie er? In den Tagen seiner Jugend hatte er erwartet, dass er in den Tagen seiner Reife verheiratet sein würde und die Verantwortungen und Pflichten anderer Männer übernehmen würde; aber er hatte seltsame Ansichten über die Ehe. Einer nach dem anderen hatten seine Freunde das Anwesen betreten; Er hatte ihnen beim Eintritt geholfen, aber er hatte sich die ungesunde Angewohnheit angeeignet, ihr Unterfangen voller Staunen über das Unterfangen und mit Zweifeln an seinem Erfolg zu beobachten, und die Jahre waren vergangen, ohne dass er den Wunsch verspürte, das Risiko auf sich zu nehmen. Was er sah, war nicht das Leben, das er wollte. Was er genau wollte, war er sich nicht sicher; Aber der jahrelange Kontakt mit allem, was trübt und verdorrt, hatte seinen Glauben an bestimmte altmodische Dinge nicht zerstört, und wenn sie nicht wahr werden könnten, würde er die Reise allein antreten.

Was für eine skurrile Art und Weise das Schicksal hatte, große Probleme zu entscheiden. Vor vier Wochen war er so etwas wie ein Stück Mechanik und ziemlich zufrieden mit seinem tristen Leben; Und nun hatte ein Mädchen es betreten und ihm Visionen beschert, die zu schön und schön waren, als dass man sie unverhüllt betrachten könnte, und er erkannte endlich das Geheimnis und die Macht der Liebe. Fast eine Woche ihres Aufenthalts war vergangen, bevor er sie traf. In den folgenden Jahren hatte er sie viele Male gesehen, aber oft musste er zurücktreten und wissen, dass andere sich Zeit ließen, obwohl er keine Zeit hatte, die er verlieren konnte.

Sollte die Liebe zu ihm kommen, hatte er sich vorgestellt, dass er ihr mit der gleichen Direktheit und Beharrlichkeit nachgehen würde, die ihn dazu veranlasst hatte, sich alles zu sichern, was auch immer beschlossen wurde, und stattdessen war er das Verabscheuungswürdigste von allen Dingen – ein Feigling.

Sie war so jung – vierzehn Jahre jünger als er – und was konnte er als Gegenleistung für ihr Leben voller vielfältiger Interessen, süßer, vernünftiger, hilfsbereiter und glücklicher Dinge, von denen er so wenig wusste, anbieten? Er hatte geglaubt, das Leben mit all seinen Facetten zu kennen ; und ohne ihr eigenes Wissen hatte sie ihm gezeigt, was er vorher nicht verstanden hatte, und seins war kalt und farblos neben der Wärme und dem Glanz ihrer eigenen.

Gestern hatte er jedoch gewusst, dass er nicht lange warten würde. Nachdem sie zu ihrem Haus zurückgekehrt war , ging er dorthin und erzählte ihr, warum er gekommen war. Den ganzen Tag über hatten ihm bestimmte Worte in den Ohren gesungen, und über seinen Büchern waren die Figuren, die er machte, umhergetanzt und verwischt; und in ihrer Fantasie wartete sie vor ihm auf sein Kommen, als der Tag vorüber war, und war mit ausgestreckten Händen im Zimmer, um ihn zu begrüßen, als er durch die Tür trat. Das Licht einer neuen Vision hatte ihn geblendet, und in seinem Feuer war die Einsamkeit seines Lebens in kühler Klarheit hervorgetreten, und sie war nicht länger zu ertragen. Jemanden, der sich darum kümmert, wenn die Tage dunkel sind, jemand, der das Geben und Nehmen des Lebens teilt. Bei dem Gedanken an so heiliges Vertrauen wurde sein Gesicht weiß, und in seinem Herzen war ein unbewusstes Gebet aufgetaucht.

Das war gestern. Heute Nachmittag war er wie schon seit Tagen bei seiner Schwester zum Tee vorbeigekommen, und da Dorothea krank war, war er zu ihr gegangen und hatte ihr das für sie gekaufte Buch gegeben. Wie üblich hatte sie viel zu sagen und er ließ sie ungestört reden. Sie sprach von Claudia, immer von Claudia, und er hatte in einem Schweigen zugehört, das Raum für viele Einzelheiten ließ.

„Sie bekommt mehr Briefe!" Dorotheas Hände schlossen sich wie sehr voll. „Jeden Tag kommt eins von derselben Person, manchmal zwei, und Sonderangebote und Telegramme; und manchmal spricht er über das Telefon. Ich kenne jetzt seine Handschrift. Sie lässt mich in ihr Zimmer kommen, wann immer ich will. Ich verstehe nicht Wie eine Person so viel zu sagen haben kann. Ich wusste, dass er ihr Schatz sein musste, und ich habe Mutter gefragt, und Mutter sagt, sie sei mit einem Mann in Washington verlobt. Miss Robin French hat es ihr gesagt. Mutter findet es wirklich seltsam, Claudia hat es nicht getan Sag es ihr." Und er hatte nichts geantwortet, sondern war die Treppe hinunter und aus dem Haus gegangen und hatte niemandem gute Nacht gesagt.

XI

EINE ZUFÄLLIGE BEGEGNUNG

Claudia warf einen Blick auf die Uhr. Sie muss um sieben angezogen sein. Eilig legte sie die Briefe, die warten konnten, beiseite und begann zu schreiben.

„Nur noch drei Tage, liebe Mutter, und ich werde nach Hause aufbrechen. Ich habe so bemerkenswerte Dinge gesehen, so wunderbare Musik gehört, war auf so vielen Partys, Mittagessen, Tees und Abendessen, habe so viele Menschen getroffen, einige voller Angst und Schrecken." gekleidet, einige wunderschön, prächtig gekleidet, dass mein Gehirn ein Plumpudding ist und meine Gedanken nur bewegte Bilder. Es war ein schöner Besuch. Channing ist eine liebe Frau, und Hope hat ihre volle Pflicht getan, aber es ist eine ziemliche Anstrengung Wohne in den Zelten der Reichen. Ich bin so froh, dass wir nicht reich sind, Mutter. Es gibt Hunderte von Dingen, für die ich gerne Geld hätte, aber ich habe Angst davor genauso viel wie vor Kartoffeln. Käfer, wenn die Pflanzen gut wachsen. Es bringt einen dazu, Dinge zu denken, die nicht so sind. Ich hoffe, dass Onkel Bushrods Erkältung besser ist.

„Ich habe versucht, alle Bestellungen von allen zu erfüllen, aber einige habe ich noch nicht gefunden. Hope und ihre Freunde kaufen nur in den teuren Geschäften ein, und die Preise sind so lähmend, dass ich, auch wenn ich äußerlich nicht mit der Wimper zucken kann, … Ich bin innerlich entsetzt; aber ich lege die Sachen beiseite, als wäre ich unschlüssig, ob ich sie oder etwas Schöneres kaufen soll. Ich fürchte, ich meine nicht, dass ich froh bin, dass wir nicht reich sind. Beim Einkaufen wünsche ich mir das schon gar nicht .Dann will ich Millionen. Millionen! Und wenn ich bei den Büchern bin, möchte ich Milliardär werden. Morgen gehe ich alleine raus und mache alles fertig. Hope wäre entsetzt über meine Einkäufe, denn Hope hat es getan vergessen, als auch sie bei ihren Ausgaben vorsichtig sein musste, ihr Bruder jedoch nicht.

„Habe ich dir von dem verrückten Fehler erzählt, den ich gemacht habe? Ich dachte, nach dem, was Dorothea mir erzählte, war er ein alter Herr, der Onkel ihrer Mutter, und schrieb ihm eine Nachricht, bevor ich ihn traf. Dorothea liebt ihn und als sein Hund starb Es tat mir so leid, dass ich es ihm gesagt habe. Ich frage mich, was mich dazu bringt, so impulsive Dinge zu tun! Ich bin so entmutigt. Ich werde nie, nie ein richtiger Mensch sein. Er ist nicht alt.

„Ich wünschte, Sie könnten den Brief sehen, den Beverly mir von Mammy Malaprop geschrieben hat. Sie sagt, sie zählt das Datum meiner Rückkehr in das ausschweifende Land, in dem ich lebe, und bereitet sich darauf vor, alle Delikatessen der Saison zum Abendessen zu servieren." .' Wenn ich den alten Malaprop nicht kennen würde, würde ich denken, dass Beverly ihre Botschaften erfindet, aber keine Vorstellungskraft könnte sich ihre Wendungen der englischen Sprache vorstellen.

„Legen die Hühner überhaupt? Und sagen Sie Andrews bitte, er solle gut auf die Schafe aufpassen; es ist so bitterkalt."

„Ich hatte eine schöne Zeit, aber oh, liebe Mutter, ich werde so froh sein, nach Hause zu kommen, wo es echte Dinge zu tun gibt und wo ihr mich alle nur für mich selbst liebt! Jeden Abend küsse ich dein Bild und wünsche dir etwas." Du warst es. Alles Liebe für alle. Ich habe Gabriels kleine Trompete.

„Hingebungsvoll",
„CLAUDIA."

„PS – wir gehen heute Abend wieder in die Oper. Wenn du nur auch gehen würdest! Ich sehe nie etwas Schönes, höre nie etwas Schönes, und ich wünschte nicht, du könntest es sehen und auch hören. Das tue ich Ich bin so froh, dass ich meine Reitgewohnheit mitgebracht habe. Das Beste von allen waren die langen, herrlichen Fahrten auf dem Land. So viel schöner als Autofahren. Mr. Laine fährt besser als jeder Stadtmensch, den ich kenne. Noch drei Tage und ich nach Hause gehen.

"C."

Die schuldbewusste Freude darüber, allein zu sein, allein loszukommen und dorthin zu gehen, wohin sie wollte, erfüllte sie am nächsten Tag so sehr, dass Claudia, als sie an Mrs. Warricks Wohnzimmer vorbeiging, auf Zehenspitzen ging, damit sie nicht gerufen würde und ihr einen Moment ihrer kostbaren Freiheit entgehen ließe verloren. Es blieben noch einige Stunden Tageslicht, aber es gab noch viel zu tun; und eilig ging sie die Stufen hinunter, eilte zur Allee und erwischte mit einem Seufzer der Dankbarkeit den Bus, den sie kommen sah. Mitten im Einkaufsviertel stieg sie aus und verschwand bald darauf in einem der Geschäfte. Es war ihre einzige Chance, die einfachen Einkäufe für die schmalen Geldbörsen ihrer Landsfreunde zu tätigen; und als sie zuerst eine Liste und dann die andere las , lächelte sie über die Vielfalt menschlicher Wünsche und die Vielfalt menschlicher Bedürfnisse und traf schnell Entscheidungen. Ein Brief, den sie kurz vor dem Verlassen des Hauses erhalten hatte, war nicht gelesen worden, aber man erkannte seine Schrift, und als sie zur Tür ging, versuchte sie, den kritzeligen Inhalt zu erkennen und gleichzeitig den Hauch frischer Luft einzuatmen, der durch das Öffnen hereinströmte als eilige Kunden kamen und gingen. Dort zu lesen war jedoch unmöglich. Die Dunkelheit war hereingebrochen; und als sie für einen Moment nach draußen ging, blickte sie auf und ab auf die wogende, drängelnde, zitternde Menge und fragte sich, wie spät es war. Sie war noch nicht fertig, und sie muss fertig sein, bevor sie zurückgeht.

„Ist Madame Santa Claus bereit, nach Hause zu gehen?"

Erschrocken blickte sie auf. „Oh, Mr. Laine, ich bin so froh! Tatsächlich bin ich noch nicht fertig und es ist schon dunkel. Glauben Sie, dass Hope etwas dagegen hat, wenn ich nicht zum Tee zurückkomme?"

"Ich denke nicht." Er lächelte in das besorgte Gesicht. „Was bleibt noch zu tun?"

„Dies unter anderem." Gemeinsam gingen sie langsam die überfüllte Straße entlang, und sie hielt den Brief in ihrer Hand zu ihm hin. „Es ist von Frau Prosser, die elf Kinder und einen Ehemann hat, der ihr Vater ist, und das ist alles. Sie leben vom Glauben und den Nachbarn, aber sie hat ein Schwein verkauft und mir einen Teil des Geldes geschickt, mit dem ich alle im Haus kaufen kann." Familie ein Weihnachtsgeschenk. Das ist alles, was ich herausgefunden habe.

Laine nahm die aus einem leeren Buch gerissenen Blätter und betrachtete sie unter elektrischem Licht. „Diese syro -phönizische Schrift braucht, was sie hier nicht herausbringen kann", sagte er nach einer halben Minute Pause. „Eine Chiffre erfordert einen Code, und ein Code bedeutet, sich hinzusetzen. Ist dir nicht kalt? Das ist es. Komm her und wir trinken etwas Tee und klären es gemeinsam." Und bevor Protest erhoben werden konnte, befanden sie sich in einem Hotel auf der anderen Straßenseite und an einem Tisch, an dem ein schattiges Licht eine genauere Betrachtung der Bleistiftkritzeleien ermöglichte, die zum Schreiben bestimmt waren. Langsam las er laut vor:

„DERE Fräulein CLAUDIA, – Die Kälte ist kurz davor, mich in den Wahnsinn zu treiben , ich habe ihnen gesagt , ich wollte Sie bitten, mir ein paar Gefallen zu tun, nämlich ein paar New Yorker Krismus- Geschenke für mich zu kaufen . Ich habe das Schwein und mich allein gelassen Ich gebe hier sechs Dollar und sechzehn Cent ein, ich hätte sogar sieben Dollar geschickt, aber das Baby hatte so schlimme Koliken, dass ich noch etwas von dem Schmerzmittel nehmen musste, das ich dem Pferd sofort gebe, und Johnnie hat das verloren Das Wechselgeld kommt aus dem Laden nach Hause. Dem Baby geht es gut, aber dem Baby geht es nicht . Das Folgende ist, was ich gerne hätte. Wenn du die Sachen nicht besorgen kannst, besorge, was du kannst. Ich vertraue dir Urteil .

„2 Pare Sox und eine Maresharm- Pfeife für den alten Mann. Geben Sie nicht mehr als fünfzig Cent für ihn aus. Er hat den Whisky ausgetrunken, den Ihre Mutter mir für das Hackfleisch zum Erntedankfest gegeben hat , und ich musste ihn in der Dachstube einsperren. Ihm würde der Pfeifenschrei gefallen .

„1 Eine kaputte Schalnadel – Johnnie.

„2 Ein Armband. BHs reichen aus, wenn du kein Gold bekommen kannst. Minnie ist die Sanftmütigste und sucht nicht nach viel, aber sie möchte unbedingt ein Armband."

„3 Eine Schachtel Papier und Umschläge für Maizzie – Maizzie hat eine Schleife. Er wohnt im Nachbarbezirk. Ich lasse die Chiller nichts sagen . Ich habe Angst, dass sie die Enten erschrecken.

„4 Eine Wachspuppe in rosa Tarlton für Rosy. Sie wird beim nächsten Mal nicht hier sein . Der Arzt hat es mir gesagt, und mein Herz tut mir seitdem so weh, dass ich mich ab und zu verstecken muss, um mich zu verstecken Mein Atem ist gut. Manchmal kann ich nicht anders , als zu würgen , ich kann nicht. Sie hat eine Puppe in rosa Tarlton gesehen Und neulich Abend hörte ich sie durch den Schornstein reden und sie bat den Weihnachtsmann, ihr eins zu bringen, wenn er es entbehren könnte. Wenn du mit dem Schweinegeld nicht alle Sachen kaufen kannst , hol dir bitte die Puppe und in Rosa, bitte , und lass die anderen gehen.

Laine nahm seine Tasse Tee und trank sie langsam. „Ein Teil davon ist schwer zu erkennen", sagte er nach einem Moment. „Ich kann es nicht sehr gut sehen."

„Alles ist schwer." Claudia steckte sich ein Stück Cracker in den Mund. „Aber es ist ein Wunder, dass sie überhaupt schreiben kann. Die Jungen sind so unbedeutend wie ihr Vater, und sie erledigt die Arbeit von fünf Leuten. Ist das alles?"

Laine begann erneut. „ Becky sagt, sie will nichts weiter als ein Paar Seidenstrümpfe. Sie ist verrückt, aber sie hat die Sommermädchen damit gesehen, und ich glaube nicht, dass es nicht schaden wird, wenn wir es nicht tun praktisch bei krismus . Es kommt mir wirklich wie Krismus vor Ist nichts für Praktiker . 40 Cent ist ihr Anteil.

„ Sam , er will ein Mundharmonika , und Bobbie, er hat sein Herz auf einen Schlitten gesetzt. Ich glaube nicht, dass du das in deinen Kofferraum bekommst, und wenn nicht , dann muss eine Krawatte reichen. Der andere Kühler ist so klein. " Es spielt keine Rolle, was man für sie bekommt, jede Kleinigkeit, die man mitnehmen kann, wird ihnen gefallen . Sie sind alle so aufgeregt, Geschenke aus New York zu bekommen , dass sie verrückt nach Pflaumen sind. Ich weiß nicht, in welchem Landkreis Ich würde ohne Sie auskommen, Fräulein Claudia. Sie sind jedermanns Freundin und jeder ist – "

Claudia streckte ihre Hand aus. „Oh, dieser Teil spielt keine Rolle. Ich übernehme ihn jetzt. Wir müssen gehen. Bist du bereit?"

"Nicht ganz." Laine, die den Brief fertig geschrieben hatte, reichte ihn ihr und holte dann ein Notizbuch und einen Bleistift heraus. „Sind Sie sicher, dass Sie sich an die Dinge erinnern können? Sollte ich sie nicht besser aufschreiben?"

Claudia schüttelte den Kopf. „Kein bisschen von Nutzen. Das sind die letzten, die ich bekomme, und dann bin ich durch. Bist du?"

"Bin ich was?"

"Durch."

"Wodurch?"

„Mit deinen Weihnachtssachen. Ich glaube nicht, dass Männer so viel zu tun haben wie Frauen und nicht so früh anfangen müssen. Manche Leute lieben Weihnachten nicht. Es ist so schade."

„Es ist schade, dass das alte Weihnachten dem neuen gewichen ist. Für viele ist es eine Art Verzögerung. Ich glaube nicht daran."

Claudias Arme waren auf dem Tisch verschränkt und ihre Augen blickten ernst in seine. „An was glaubst du?"

Die Farbe stieg langsam in Laines Gesicht, dann lachte er. „Ich weiß es wirklich nicht. Ich weiß nur, dass die jetzige Art falsch ist."

„Sie wissen, dass sehr viele Dinge falsch sind, nicht wahr?"

„Ich fürchte, das tue ich." Mit seinem Taschentuch wischte Laine seine Brille ab, stellte sie zurück und klopfte erneut auf den Tisch. „Das heißt, ich weiß sehr viele Dinge, die nicht schön zu wissen sind."

„Die meisten von uns tun das. Es ist nicht schwer zu erkennen, was an Menschen oder Dingen nicht schön ist." Sie ist aufgestanden. „Es tut mir leid, dass du Weihnachten nicht liebst."

„Warum sollte ich es lieben? Für die Männer im Büro gibt es Schecks; für die Witwe und die Kinder meines Bruders gibt es andere Schecks; für Hope einen anderen. Ein Mann macht ein Durcheinander beim Geschenkekauf. Zigarren für Männer und Blumen für Frauen." zwei telefonische Befehle wurden im Voraus für die wenigen so Erinnerten erteilt. Die Angestellten in den Clubs, die Bediensteten im Haus, die – die Vereine, die Dinge tun, bedeuten nur mehr Geld, und Geld –"

„Ich denke, ich würde Weihnachten auch hassen, wenn es nur das Ausstellen von Schecks oder das Schenken von Gold bedeuten würde. Ich würde keine Million wollen, wenn da keine Liebe dabei wäre." Sie blickte auf ihren Muff und strich ihn sanft glatt. „Dafür ist Weihnachten da. Sich Zeit zum Erinnern zu nehmen und die Menschen wissen zu lassen, dass wir uns um sie kümmern

– und um jemandem eine Freude zu machen. Mal sehen." An ihren Fingern
zählte sie die von Frau Prosser gewünschten Dinge auf. „ Harmonikum ,
Seidenstrümpfe, Socken, gelbe Pfeife, blaue Schalnadel, Armband (Messing
oder Gold), Schachtel Papier, Schlitten und –"

„Eine Puppe in rosa Tarleton ." Wieder wurde langsam Farbe in Laines
Gesicht. Er zögerte. „In meinem ganzen Leben habe ich nie eine Puppe oder
einen Schlitten oder irgendetwas anderes als Bücher für Kinder gekauft. Darf
ich mitkommen? Und würde – hätte es Ihnen etwas ausgemacht, wenn ich
diese Puppe bekäme?"

XII

WEIHNACHTSEINKAUF

Fünf Minuten später wurden Laine und Claudia von der Menge der Weihnachtseinkäufer erfasst und machten sich tapfer auf den Weg zu einer Theke, auf der farbenfrohe und glitzernde Gegenstände lagen. Mit einer Ernsthaftigkeit und Beharrlichkeit, die für das Mädchen, das ihn beobachtete, komisch war, begann Laine mit der blauen Schalnadel und dem Armband, aber erst als er einen Befehl gab, berührte sie ihn am Arm und zog ihn beiseite.

„Die können wir nicht bekommen, Mr. Laine, das können wir tatsächlich nicht." Sie nickte in Richtung der Theke. „Von dem Schweinegeld sind es nur noch sechs Dollar und sechzehn Cent und ein Dutzend Dinge, die man kaufen muss."

„Oh, verdammtes Schweinegeld! Sie wird den Unterschied nicht bemerken. Die Anstecknadel kostet nur einen Dollar und achtundneunzig Cent und das Armband zwei Dollar und achtundvierzig Cent. Nichts könnte schlimmer sein als das, oder?"

„Es könnte sein. Johnnie ist ein fauler Taugenichts, und seine Anstecknadel darf nur fünfundzwanzig Cent kosten. Sie wird groß und blau sein, aber man kann keinen Penny über fünfundzwanzig Cent dafür ausgeben. Ich denke."
„Wir holen uns am besten zuerst die Puppe und die Seidenstrümpfe und den Schlitten. Ich habe bereits eine Puppe für Rosy gekauft, aber sie ist in Weiß, und wir müssen uns die rosa besorgen."

„Und wird das Schweinegeld das alles bewirken?" Laines Augen suchten die von Claudia.

"Es ist." Sie lachte und wandte sich ab, als wolle sie jemanden sehen , der vorbeiging. „Es ist egal, wessen Schwein."

„Dann werde ich heute Abend das Schwein spielen! Ich habe es oft genug falsch gespielt. Warum können wir nicht vernünftig sein? Ich habe eine Kaufsucht, und ich habe noch nie Weihnachtseinkäufe gemacht." Irgendwas passiert mit meinem Rückgrat, etwas, das früher passierte, als ich meinen Strumpf an den Nagel hängte. Bitte sei brav und schenke mir ein bisschen Weihnachten!"

Claudia runzelte die Stirn und einen Moment zögerte sie, dann suchten ihre Augen erneut zweifelnd seinen. „Ich weiß nicht, ob ich das tun sollte. Du bist sehr nett, aber —"

„Aber nichts. Ich bin nur sehr egoistisch. Die Dinger sind in Ordnung. Komm und lass uns in die Spielzeugabteilung gehen. Die Puppe ist das Wichtigste von allen, und haben Puppen keine Kutschen oder so etwas? Hier entlang zum Aufzug.“

Aus Freude daran, der Hingabe an den innewohnenden Instinkt, an das Kind, das in allem schlummert, gaben Claudia und Laine nach, gingen zwischen dem Spielzeugmeer hin und her, und eine Puppe nach der anderen wurde kritisch untersucht, verglichen, hingelegt und genommen auf und entschied sich schließlich; und als Laine die Adresse nannte, blickte er Claudia fragend an, um eine endgültige Bestätigung und Zustimmung zu erhalten.

„Bist du sicher, dass es rosa ist? Ihre Mutter hat rosa gesagt, weißt du.“

„Rosa! Es ist das rosaste Rosa, das ich je gesehen habe. Es ist viel zu prächtig. Aber oh, diese geduldigen kleinen Augen! Ich hätte nicht gedacht, dass sie dieses Weihnachten hier sein würde. Sie werden sie so glücklich machen, Mr. Laine. "

"Nicht ich." Er schüttelte den Kopf. „Du bist es. Was weiß ein Mann über solche Dinge? Aber was will sie sonst noch? Ich hatte nie eine Meinung von einem einteiligen Weihnachtsmann. Solche Dinge würden einen Mönch dazu bringen, eigene Kinder zu wollen. Wie wäre es mit denen.“ Kinder, die irgendetwas mögen? Und muss man nicht auch Sachen für Strümpfe haben?“

Mit hastigen Entscheidungen, als fürchtete er, er könnte nicht das tun, was er wollte, ging Laine zwischen den vielen Abteilungen, in die die Abteilung unterteilt war, auf und ab und traf seine Entscheidungen unter völliger Missachtung der Angemessenheit; und Claudia blieb in der Nähe und widersprach mit gleicher Entschlossenheit allem, was unklug war. Manchmal wurden ihre Meinungsverschiedenheiten so heftig, dass die Verkäuferin, die ihr folgte, lächelte und auf etwas hinwies, was sie noch nicht gesehen hatte, in der Hoffnung, dass eine gegenseitige Kapitulation den Kompromiss akzeptieren würde, und dann holte sie eine Registrierkasse hervor und hielt sie Laine hin.

„Die meisten Kinder mögen diese“, sagte sie, „und da Ihre Frau sich nicht für die mechanischen Spielzeuge interessiert –“

Laine wandte sich ab. Mit erbarmungsloser Realität erfasste ihn das Spiel des Ganzen, und er ging davon, damit man das plötzliche Aufwallen seines Blutes nicht hörte.

„Aber ich bin nicht seine Frau.“ Claudias Stimme war kühl und gleichmäßig. „Er kennt die Kinder nicht, für die er diese Dinger besorgt, und ich weiß es. Aber Channing würde dieses Register mögen, Mr. Laine. Und Dorothea sagte mir, sie wolle einen Zeichentisch wie diesen dort drüben. Haben Sie Dorotheas gekauft? schon vorhanden?"

Laine kam zurück. „Nur Bücher. Die anderen Sachen besorgt mir ihre Mutter. Wenn sie das möchte, dann hol es dir."

Aus seiner Stimme war jeglicher Geist verschwunden, und als Claudia es bemerkte, blickte sie auf. „Du bist müde, nicht wahr? Ich denke, wir sollten besser aufhören."

Laine lachte. „Müde? Nein, ich bin nicht müde. Ich habe eine tolle Zeit. Make-believe zu spielen ist ein gutes Spiel. Ich habe es in letzter Zeit nicht gespielt und habe es mir ziemlich schwer gemacht. Ich frage mich, was das für Leute sind Sind da drüben? Eine Reihe von Kindern scheinen unter ihnen zu sein."

Das Mädchen, das auf sie wartete, sah sich um. Es sei der Weihnachtsmann gewesen, erklärte sie, der die Namen und Adressen aufnahm und eine Liste der von den Kindern am meisten gewünschten Geschenke bereitstellte, die dort waren, um zu erzählen, wo sie wohnten. „Einige von ihnen waren schon den ganzen Tag hier. Dieser kleine lahme Kerl war einer der ersten, der kam, und der Weihnachtsmann hat ihn noch nicht gesehen. Die Menge drängt ihn so weit hinaus, und es gibt niemanden, der ihn hoch genug hebt." gesehen. Er hat dieses Stück Papier stundenlang in der Hand gehalten.

Laine schaute genauer hin. Am Rande der Menschenmenge, sein schmales kleines Gesicht immer noch eifrig bemüht, zwischen den sich bewegenden Kreisen hindurchzuspähen, seine Krücken festgehalten von Händen, die zu dünn waren, um sie richtig zu greifen, sah er, wie das Mädchen ihn auf den Jungen zeigte, und ohne ein Wort zu sagen: er ging auf ihn zu. Als er näher kam, konnte man über denen der Menge den Kopf des Weihnachtsmanns sehen, aber für das Kind war er immer noch unsichtbar; und als Laine das verkniffene Gesicht sah, fluchte er leise vor sich hin.

Eine halbe Minute lang stand er neben dem Jungen und berührte ihn dann an der Schulter. „Was ist los, mein Sohn? Kannst du den alten Kerl nicht dazu bringen, dich zu sehen?"

Das Kind schüttelte den Kopf. „Jemand kommt immer vorne rein. Ich bin nicht groß genug."

„Hier, haltet eure Krücken." Mit einer schnellen Bewegung schwang Laine den Jungen auf seinen Schultern. „So, kannst du ihn denn sehen?"

„Ja, Sir. Und er kann mich sehen!" Die dünne kleine Hand wurde hochgehalten und Laine spürte das Zittern, das über den gebrechlichen Körper lief. "Er sieht mich!"

„Nun, mein Mann" – der Weihnachtsmann bemerkte es endlich – „was willst
du?"

„Einen Mantel für Mutter. Schwarz, bitte." Sanft und eifrig kamen die Worte
schnell. „Und einen Rock aus Kammgarn und ein paar Schuhe für Dick und
einen Muff für Katie."

„Oh, dieses Mal bringe ich nichts außer Spielzeug mit. Nur Spielzeug.
Schnell, was ist das?"

Wieder spürte Laine ein Zittern auf seinen Schultern, diesmal der plötzlichen
Entspannung, und hörte ein Schluchzen, das schnell erstickt wurde. „Oh, ich
brauche kein Spielzeug und Mutter hat kein Stück Mantel."

Laine hustete und fing den Blick des Weihnachtsmanns auf, und durch
Telepathie machte er ihm klar, dass seine Fragen weitergehen müssten. Zwei
Minuten und sie waren vorbei, der Name und die Adresse des Kindes wurden
erfasst, seine Wünsche bekannt gegeben, und als er es auf den Boden setzte,
nahm Laine das Stück Papier, das stundenlang festgehalten worden war, aus
den zitternden Fingern und steckte es in seine Tasche.

„Alles klar, mein Sohn." Er steckte ihm etwas Geld in die Hand. „Lauf die
Treppe hinunter und hol dir etwas zu essen, bevor du nach Hause gehst, und
mach dir keine Sorgen um die Sachen – sie werden Weihnachten da sein.
Scoot!" Und mit einem Klaps schickte Laine ihn weg.

Als er zurückkam , wandte er sich an Claudia. „Bist du hier oben fertig? Die
gelbe Pfeife und die Socken für den Mann, der in der Dachstube eingesperrt
wird, sind wohl unten."

Als Antwort sah Claudia ihm ins Gesicht, als würde sie es nicht hören.
„Gnädige Güte!" Sie sagte. „Ich hatte ganz vergessen, dass heute Dienstag
ist! Ich sollte sofort zu Hause sein. Ein Freund aus Washington kommt heute
Abend zum Abendessen. Wie spät ist es?"

Laine blickte auf seine Uhr. „Ein Freund aus Washington", las er. Er drehte
ihr das Gesicht zu. „Was ist es? Ich kann es in diesem Licht nicht sehen."

"Sieben fünfundzwanzig!" Claudia setzte sich niedergeschlagen nieder. „Sie
nehmen doch nicht an, dass sie warten könnten, oder?"

"Ich tu nicht." Laine lächelte ein verdrehtes kleines Lächeln. „Channing ist
von Natur aus ein Zugabfertiger. Pünktliches und schnell serviertes
Abendessen ist sein einziges Anliegen im Haushalt. Sie werden schon zur
Hälfte fertig sein, bevor wir dort ankommen können."

„Und ich verhungere." Sie ist aufgestanden. „Nun, ich kann nichts dagegen
tun. Ich hatte nichts damit zu tun, es zu vergessen, aber ich tue ständig Dinge,
die ich nicht tun sollte."

„Wir gehen zu Sherry. Das Abendessen ist nicht auf Hopes Haus beschränkt. Ich rufe an und erkläre es."

„Oh, das darf ich nicht! Es ist nicht nur ein Abendessen. Ich habe eine Verabredung. Glaubst du, wir könnten sehr schnell dort sein? Ich kann nicht verstehen, wie ich das vergessen habe!"

XIII
HERR. LAINE GEHT ALLEIN EINKAUFEN

„Haben Sie geklingelt, Sir?"

Moses stand an der Tür und wartete, und während er wartete , redete er mit sich selbst. „Irgendetwas ist mit Mr. Laine nicht in Ordnung. Er hat Ginerals Namen nicht mehr genannt , seit er gestorben ist, und ich weiß, dass das Vermissen von ihm schrecklich war , aber es sieht nicht so aus, als hätte ihn das so gemacht so unruhig, wie er war. „ Es gefällt ihm nicht , dass er reinkommt und wieder rausgeht, zurückkommt und wieder rausgeht. Er hat etwas im Kopf, eine Art Kriegsführung." Er hustete leicht und sprach erneut. „Haben Sie geklingelt, Mr. Laine?"

„Das habe ich. Vor fünf Minuten. Als Mitglied der Freizeitklasse würdest du ein blaues Band bekommen, Moses. Wo zum Teufel bist du? Warum kommst du nicht rein? Ich kann nicht mit der Luft reden."

„Ich habe gewartet , um zu sehen, ob ich mich geirrt habe : wegen der Glocke." Moses kam ins Zimmer.

„Wo ich herkomme, gehen die Leute nicht so lebhaft voran wie hier oben, und der alte Colonel Tayloes , er hat immer gesagt, das gibt es nicht." Nichts ist so unelegant wie sich beeilen, um die Sorge zu vermindern. Aber natürlich hätte ich über diese Glocke keine Diskussion im Kopf haben sollen. Ich habe eine schlechte Art zu projizieren , wenn —"

„Sie wollen nicht umziehen. Das haben Sie. Sobald eine entsprechende eidesstattliche Erklärung nötig ist, werde ich sie unterschreiben. Sind Sie zu der Adresse gegangen, die ich Ihnen gestern gegeben habe?"

„Ja, Sir. Ich bin hingegangen und habe seit meiner Rückkehr versucht zu vergessen, dass ich gegangen bin. Es ist Gottes Wahrheit, der Junge hat Ihnen gesagt, ich habe ihn und seine Mutter und alle anderen Kinder gesehen, außer denen bei der Arbeit. Und alle lebten in zwei Zimmern und einem Schrank, in dem der größte Junge schlief. Ihr Vater , er wurde in den Geschäften, in denen er arbeitete, getötet, und der Anwalt, der sich verpflichtete, Schadensersatz zu fordern, erwischte sie , und sie sind Ich habe ihn seitdem nicht mehr gesehen.

„Haben Sie die Größe der Frau und das Alter der Kinder bemerkt?"

„Ja, Sir. Die Mutter, der sie nahe kam, reichte mir bis zur Schulter und war dünn und sah erschöpft aus. Die beiden Kleinen waren vier und zwei Jahre alt. Sie haben die Lahme gesehen. Da ist ein Mädchen, sieben. Sie ist eine „Puller aus Bastin's ", sagte ihre Mutter, und das älteste Mädchen ist vierzehn.

Sie ist Läuferin oder Kassiererin oder so etwas in einem Laden. Der größte Junge ist in einer Gießerei und der Lahme verkauft Papiere.

„Eine Mutter und sechs Kinder." Laine machte sich ein paar Notizen in einem Buch und steckte es wieder in die Tasche. „Ich gehe raus. Nehmen Sie um halb neun ein Taxi hierher. Die Sachen, die ich mitbringe, werden in den Raum am Ende des Flurs gestellt. An Heiligabend sollen Sie kaufen, was ich hier erwähnt habe."— Er reichte ihm einen Umschlag – „und bringen Sie damit die Bündel im Zimmer zu dem Ort, an den Sie gestern gegangen sind. Sie dürfen nicht wissen, wer sie geschickt hat, und wenn Sie zurückkommen, sollen Sie vergessen, dass Sie dort waren und niemanden." ist zu erzählen. Du hast eine tolle Angewohnheit, Dorothea Dinge zu erzählen. Ich werde verstanden, nicht wahr?"

„Ja, Sir. Ich verstehe Sie, ich kenne eine linke und eine rechte Hand. Gott weiß, dass ich froh sein werde, wieder dorthin zu gehen, wenn es darum geht, ihnen etwas Weihnachten zu bringen. Das Gesicht dieser Frau hat mich immer freundlicher gemacht, seit ich es gesehen habe . " . ' War nicht verrückt oder so , aber die Pflaume ist ausgeschlagen. Als ich nach Hause kam, musste ich einen kleinen Eierlikör für meinen Magen machen. ' Es ist keine Zeit für Eierlikör , aber eine Magenbeschwerde …"

„Du hast zu oft Magenbeschwerden. Nimm doch bitte das Taxi und sag ihnen, sie sollen sich beeilen."

Zwei Stunden später war er zurück. Zweifellos hatte er töricht gehandelt und unklug gehandelt; Aber es hatte keine Zeit für Unentschlossenheit gegeben, und die Frau, die ihn bediente, war eine große Hilfe gewesen. Als ihm warme Kleider und dicke Mäntel für die Mutter und die kleinen Mädchen, Anzüge und Schuhe und Strümpfe für die Jungen, Bettwäsche, Handtücher, Seife, Bänder und Krawatten gezeigt wurden, hatte er über die Absurdität der Frage nach seiner Meinung gelächelt worüber er so unwissend war wie ein blindes Baby; aber mit Entschlossenheit machte er weiter, bis die Frau ihm sagte, dass er genug bekommen hatte. Mit den Spielzeugen war er sicherer; und als er sich an Claudias Einschränkungen erinnerte, hatte er seiner Meinung nach ein ausgezeichnetes Urteilsvermögen an den Tag gelegt und nur das gekauft, was wahrscheinlich angemessen war.

Als das Bett im Endzimmer mit seinen Einkäufen beladen, die Tür verschlossen und der Schlüssel in Moses' Tasche steckte, ging Laine in die Bibliothek, schaltete das grelle Licht aus, ließ nur die Lampe brennen, schloss die Tür und setzte sich setzte sich in seinen Sessel mit hoher Rückenlehne und zündete sich eine Zigarre an. Nach dem Trubel und dem Glanz des Ladens war die Stille im Raum bedrückend, die Leere kühl, und gedankenlos legte er seine Hand neben seinen Stuhl und knabberte an seinen Fingern, wie er es zu tun pflegte, wenn er den General anrief. Mit einem Atemzug zog er seine Hand zurück und steckte sie in die Tasche. Seine Weihnachtseinkäufe waren beendet. Es war ein sehr unerwarteter Weihnachtseinkauf gewesen. In dieser Millionenstadt gab es nur wenige persönliche Einkäufe für andere. Was bekommen werden musste, bekam Hope. Seit dem Tod seiner Mutter hatte Weihnachten für ihn nicht mehr bedeutet als etwas, das man fürchten und ertragen musste. Und für Claudia bedeutete es so viel.

Warum war sie in sein Leben getreten? Warum gehörte ihr die göttliche Gabe der Anerkennung, die auf die formelle Entwicklung einer Freundschaft verzichtete und wie eine Blume ihren Duft, die Wärme und Fröhlichkeit, die Sicherheit und Echtheit verströmte, nach der er so lange gesucht hatte? Anscheinend war sie ebenso bewusstlos wie Dorothea, und doch hatten zu viele Männer sie geliebt, als dass sie es nicht verstehen konnte. Allerdings hatte sie es nicht durch ein subtiles Zeichen gezeigt. Gleichgültigkeit oder Abneigung wären ermutigender gewesen, aber ihre herzliche Offenheit war von ungerührter Tiefe gewesen.

Angenommen, sie wäre mit einem anderen Mann verlobt? War das ein Grund, warum er ihr nicht von seiner Liebe erzählen und sie nicht bitten sollte, seine Frau zu sein? Puritanische Skrupel wie er waren unverzeihlich. Ein Gefühl der Ehre könnte zu weit gehen. Warum fand er nicht heraus, ob es wahr war , was Dorothea ihm erzählt hatte? Gott! Eine Vision gehabt zu haben, nur um in der Dunkelheit durchs Leben zu gehen!

Hundertmal hatte er in seiner Fantasie den Schwung ihrer Röcke, das Geräusch ihrer Schritte, den Klang ihrer Stimme und ihr fröhliches, süßes und sanftes Lachen gehört; Hundertmal hatte sie gesehen, wie die frohen Augen ernst wurden, die Stirn in feinen Falten gerunzelt, die schnelle Drehung ihres Kopfes; hundertmal hatte sie die Berührung ihrer Hände gespürt; und er hatte Hope nie gebeten, sie zu sich nach Hause zu bringen, damit ihr Geist nicht wiederkäme.

Ihm kamen die Schikanen früherer Tage in den Sinn, die Tage, als Frauen sich eher darum gekümmert hatten. Sie würden sich amüsieren, diese Frauen, wenn sie wüssten, dass er sich dem damals unbekannten Gott ergeben hatte – dem Gott, den er manchmal angelächelt hatte, weil er es nicht gekannt hatte. Übermorgen ging sie nach Hause. Er hatte sie seit dem Nachmittag, an dem sie zusammen eingekauft hatten, nicht mehr gesehen. Der Mann aus Washington hatte ihre Zeit in Anspruch genommen und war ihr ferngeblieben. Wer war dieser Mann? Es war unmöglich gewesen, Hope oder Channing zu fragen. Dorothea würde es ihm gerne erzählen. Die Instinkte ihres Geschlechts waren bei Dorothea gut entwickelt; und sie ließ keine Gelegenheit aus, ihm von Claudias Verlobungen zu erzählen, von dem, was sie tat, wohin sie ging und von wem ihre Blumen kamen. Zweifellos würde sie ihm gerne noch mehr erzählen.

Er stand auf und begann, durch den Raum zu gehen. Das Geräusch seiner Schritte ging in den schweren Teppichen verloren, und nur das Ticken der Uhr durchbrach die Stille, und plötzlich schlug es Mitternacht. Er holte seine Uhr heraus und schaute darauf. „Morgen geht sie nach Hause", sagte er.

XIV
EIN INFORMELLER BESUCH

An der Tür dessen, was noch immer als Kinderzimmer bezeichnet wurde, stand Laine einen Moment und überlegte, ob sie hineingehen oder gehen sollte. In einem niedrigen Schaukelstuhl hielt Claudia Channing halb schlafend in ihren Armen; und zu ihren Füßen lauschte Dorothea auf einem Schemel, die Ellenbogen auf den Knien und das Kinn in den Handflächen, so aufmerksam der erzählten Geschichte, dass man seine Anwesenheit eine halbe Minute lang nicht bemerkte.

Dann blickte sie auf und sah ihn. "Komm herein." Ihre Stimme war ein hohes Flüstern. „Das ist die großartigste Geschichte. Moment mal, Cousine Claudia." Sie rannte zur Tür und zog ihn herein. „Du musst bei uns bleiben", sagte sie, „weil Mutter und Vater ausgegangen sind. Irgendein Verwandter ist in der Stadt und sie mussten gehen. Channing hat einen Es war furchtbar kalt, und Mutter sagte, er könnte alles haben, was er wollte, und er nahm Cousine Claudia mit, um ihm Geschichten zu erzählen. Sie macht das seit dem Abendessen. Er schläft jetzt, aber –"

„Ich schlafe nicht." Channings Augen öffneten sich blinzelnd. „Sie sagte, sie hätten das Eichhörnchen in einer Mulde unten beim Kastanienbaum gefunden und das Mondlicht auf dem Schnee – das Mondlicht – auf – dem – Schnee." Sein Kopf fiel zurück auf Claudias Brust und sie nickte Laine lächelnd zu und streckte ihre Hand aus.

„Der Geist ist tapfer, aber das Fleisch siegt. Es tut mir so leid, dass Hope und Channing draußen sind."

"Ich bin nicht." Er stellte einen gepolsterten Korbstuhl an das Feuer. „Es ist lange her, dass ich das letzte Mal ein gutes Märchen gehört habe. Bitte hör nicht auf."

Dorothea schob den Hocker beiseite und machte es sich bequem auf dem Schoß ihres Onkels. „Es ist kein Märchen. Zu Weihnachten erzählt man keine Märchen; sie sind für den Sommer, wenn die Fenster geöffnet sind und sie sich in den Blumen verstecken und im Wind reiten können – die Feen meine ich – aber das ist Weihnachten. Sie verkrampfte sich vor zitternder Freude und umarmte ihre Arme mit hinreißender Intensität. „Es steckt alles in meinen Knochen und ich bin nichts als Schauer. Ist es nicht großartig, Weihnachten in deinen Knochen zu haben? Hast du es in deinen Knochen?" Sie hielt Laines Gesicht zwischen ihren Händen und betrachtete es besorgt. „Cousine Claudia hat es in sich. Sie und ich sind uns einfach ähnlich. Wir haben heute Strümpfe für einige Kinder gefüllt, von denen Timkins uns erzählt hat. Sie leben in seiner Nähe, und ihre Mutter ist krank und ihr Vater ist tot, und sie Ich habe kein bisschen Geld. Channing und ich werden unsere Strümpfe hier aufhängen, bevor wir zu Großmutter gehen, und wir werden sie wieder dort aufhängen. Ich wünschte, wir würden zu Cousine Claudia gehen. Natürlich ich Ich gehe gern zu meiner Großmutter , aber sie lebt in der Stadt und in Savannah gibt es keinen Schnee, und bei Cousine Claudia gibt es alles. Ich meine alles, was weihnachtlich ist, wie ich es mag. Sie hat uns davon erzählt, als sie ein kleines Mädchen war.

Dorotheas Füße drehten sich umeinander und ihre Hände wurden Handfläche an Handfläche gelegt, während ihr Körper in rhythmischen Bewegungen hin und her schwankte. „Sie gehen in den Wald und fällen Karren voller Stechpalmen, Misteln, Kiefern und Weihnachtsbäume und schmücken das Haus, und die Feuer brüllen in allen Schornsteinen empor, und sie töten die Schweine –"

Channing setzte sich aufrecht hin und rieb sich die Augen. „Sie töten die Schweine nicht zu Weihnachten. Sie sagte, sie töten sie, wenn die Kakis reif sind."

„Nun, sie werden getötet und man isst sie zu Weihnachten. Sie legen ein kleines Tier mit einem Apfel im Maul auf den Tisch. Und sie suchen sich die fettesten Truthähne und Enten und Gänse und Hühner aus und gehen in die Räucherei und stanze und stoße die Schinken und so weiter; und die Austern kommen aus dem Fluss; und Mammy Malaprop kommt vom Tor herauf, wo sie jetzt lebt, und hilft beim Backen der Kuchen und der Kuchen und Pflaumenpuddings und geschlagenen Kekse; und Cousine Claudia sagt, als sie ein kleines Mädchen war, gab Mammy Malaprop ihr immer etwas von dem Weihnachtskuchen zum Backen in Eierschalen. Ich wünschte, ich könnte sehen, wie jemand einen Kuchen backt. Und an Heiligabend machen sie Eierlikör und Onkel Bushrod macht den Apfel Toddy zwei Wochen vorher. Sie wandte sich an ihren Onkel. „Warum gehst du nicht dorthin, Onkel Winthrop? Ich wette, du würdest Weihnachten in den Knochen bekommen, wenn du das tätest."

„Da bin ich mir sehr sicher." Laine fixierte Dorothea fester auf seinem Schoß.
„Es gibt nur einen Grund auf der Welt, warum ich nicht gehe."

„Was ist das? Wir gehen weg, und wenn du es nicht tust, wirst du ganz allein sein. Kann er nicht mitkommen, Cousine Claudia? Er würde es lieben. Ich weiß, dass er es tun würde."

"Ich tu nicht." Claudia rückte ihren Stuhl weiter vom Feuerschein weg. „Weihnachten in Elmwood wäre eine Strafe für einen Stadtmenschen. Wir sind viel zu primitiv und altmodisch. Er würde New York vorziehen."

"Würdest du?" Dorotheas Arme waren um den Hals ihres Onkels gelegt und ihr Kopf nickte ihm zu. "Würdest du?"

"Ich würde nicht." Laines Stimme war etwas seltsam. „Die Strafe liegt an diesem Ende. Ich würde Weihnachten lieber in Elmwood verbringen als irgendwo auf der Welt. Aber deine Cousine Claudia lässt mich nicht, Dorothea.“

„Willst du das nicht wirklich?“ Dorothea rutschte von seinem Schoß und blickte ihr, die Hände auf den Armlehnen von Claudias Stuhl, ängstlich in die Augen. „Er wird ganz allein sein, wenn du es nicht tust. Bitte frag ihn, Cousine Claudia! Du hast selbst gesagt, dass es in Elmwood immer so viel Gesellschaft gab, dass einer mehr keine Rolle spielte und du es geschafft hast, sie irgendwo unterzubringen. Bitte – oh, bitte frag ihn, Cousine Claudia!“

Claudia küsste die Lippen, die sie dicht an sich hielt. „Ich denke, es ist Zeit für dich, ins Bett zu gehen, Dorothea. Du bringst deinen Onkel dazu, Dinge zu sagen, die er nicht so meint. Er kann nach Elmwood kommen, wenn er möchte, aber –“

Dorothea sprang zurück und tanzte mit ausgestreckten Armen und zuckenden Fingern durch den Raum. „Wie großartig! Jetzt habe ich nichts mehr im Kopf!“ Mit einem letzten Wirbel sprang sie auf Laines Schoß und nahm seine Hände in ihre. „Das ist das Einzige, was ich an Weihnachten gehasst habe, dass du ganz alleine hier bist.“ Sie atmete tief durch. „Und jetzt bist du mit Cousine Claudia an diesem himmlischen Ort. Wenn ich groß werde , gehe ich dorthin und jage im Licht des Mondes und höre die Schwarzen singen, wenn sie eine Party mit Opossums und Hacken veranstalten–“ Kuchen und –“ Sie setzte sich aufrecht hin. „Wussten Sie, dass Cousine Claudia morgen nach Hause gehen würde?“

Laine nickte. Die Sprache hatte ihn plötzlich verlassen. Er wusste nicht, ob er Dorothea ins Nebenzimmer bringen und einsperren oder an sein Herz drücken sollte. Was hatte das Kind getan und was hat Claudia dazu gebracht? Weihnachten in Elmwood! Sein Blut schoss in Wallungen, und als Dorothea sich wieder in seine Arme legte, blickte er auf und sah Claudia in die Augen.

„Ich bin so lecker, ich fühle mich wie im Himmel!“ Dorothea zappelte schläfrig und zufrieden. „Bitte beenden Sie die Geschichte, die Sie erzählt haben, als Onkel Winthrop hereinkam, Cousine Claudia. Sie waren dort angekommen, wo der kleine Junge und das kleine Mädchen an die Tür des großen Hauses mit den Kränzen in den Fenstern klopften und es schneite. Ich könnte nicht schlafen, um mein Leben zu retten, wenn ich nicht wüsste, ob sie reingekommen sind oder nicht. Bitte beenden Sie es.“

Claudia zögerte, dann änderte sie Channings Position, beendete die Geschichte und warf einen Blick auf die Uhr. „Es ist Zeit für dich, ins Bett zu gehen, Dorothea. Ich muss ein paar Notizen schreiben und etwas packen, um …"

„Nur noch eins und das ist alles." Dorothea kuschelte sich näher. „Es ist so schön und heimelig, nur wir hier drin. Bitte zwingen Sie mich noch nicht zu gehen. Erzählen Sie Onkel Winthrop eine Geschichte" – sie blinzelte tapfer – „und dann gehe ich – ins Bett."

Laine lehnte sich zurück und schaltete das Licht der Lampe auf dem Tisch hinter ihm aus, und während der Feuerschein auf Claudias weichem, blauen Kleid spielte, klopfte sie mit ihren Pantoffelfüßen auf den Hocker, auf dem sie ruhten, rannte zu ihrer offenen Kehle und berührte sie Mit seinem braunen Haar, gescheitelt und schlicht nach hinten gekämmt, hielt er Dorothea fest, damit nicht Worte gesprochen würden, die er nicht sagen durfte. Dann blickte er sie an.

„Ich warte", sagte er. „Erzählst du mir eine Geschichte, Santa Claudia?"

"Eine Geschichte?" Ihre Augen beobachteten die sich kräuselnden Flammen. „Welche Art soll ich dir sagen? Ich weiß nicht, welche Art du magst."

„Ich hätte gerne jede Art, die du mir erzählen würdest."

Sie lehnte ihren Kopf zurück gegen den gepolsterten Stuhl und wieder schienen ihre Wimpern ihre Wange zu berühren. Für einen Moment war die sanfte Stille ungebrochen, dann drehte sie ihr Gesicht zu ihm.

„Sehr gut", sagte sie. „Ich werde dir eine Geschichte erzählen. Es wird von dem Mann handeln, der es nicht wusste."

XV
DER MANN, DER ES NICHT WUSSTE

„Es war einmal ein Mann, der musste eine Reise machen. Er wollte nicht viel tun, und da er nicht wusste, ob es eine lange Reise oder eine kurze sein sollte, empfand er nicht viel." Es musste trotzdem gemacht werden, und am Ende sollte er herausfinden, ob er ein guter oder ein schlechter Reisender gewesen war.

„Lange Zeit nahm er den Weg, auf dem er sich befand, nicht genau wahr. Er war so damit beschäftigt gewesen, sich vorzubereiten, zuerst in der Schule, wo er viele Bücher studierte, um besser auf das Reisen vorbereitet zu sein, und dann im Geschäft, wo Geld verdient werden musste, um ihm Trost und Freude auf dem Weg zu bereiten, dass er nicht viel Zeit hatte, sich viel umzusehen; aber nach einer Weile sah er, dass die Straße sehr trüb und staubig wurde und dass die meisten Blumen verblüht waren und die Früchte waren nicht süß, und die Vögel sangen nicht so, wie sie gesungen hatten, als er zum ersten Mal aufgebrochen war.

„Sehr viele Menschen waren auf die gleiche Weise gereist wie er. Obwohl sie anscheinend eine gute Zeit hatten, erkannte er bald, dass das meiste nur Einbildung war und dass sie einen Großteil ihrer Energie darauf verschwendeten, etwas zu finden." zum Spielen, damit sie vergessen könnten, auf was für einer Reise sie sich befanden. Er mochte diese Menschen nicht besonders. Andere kannte er jedoch nicht und er hatte mit ihnen mitgehalten, weil sie zusammen aufgebrochen waren; aber, Nach und nach hatte er sich ihnen entzogen, und nach einer Weile stellte er fest, dass er die meiste Zeit alleine ging. Anfangs machte es ihm nichts aus. Die Dinge, die seinen Freunden am Herzen lagen und über die sie sprachen, interessierten ihn nicht besonders. Und dann begann er sich daran zu erinnern, dass viele Dinge, die er erlebt hatte, hässlich und grausam, bitter und ungerecht waren. Er konnte nicht verstehen, warum einige in luxuriösem Komfort reisen sollten, während andere kaum zurechtkamen, so groß waren ihre Lasten ; warum einige in Kutschen fuhren und andere, krank und hungrig und müde und kalt, niemals anhalten konnten, damit sie nicht auf der Straße starben; und warum einige sangen und andere weinten.

„In Gruppen und Paaren und manchmal einzeln gingen sie an ihm vorbei, und als sie vorbeigingen, schaute er ihnen ins Gesicht, um zu sehen, warum sie reisten; aber wie er wussten sie es nicht, sie wussten nur, dass sie bleiben mussten." Und dann sah er eines Tages, dass er dorthin zurückgekehrt war, wo seine Reise begonnen hatte. Er war auf dem Weg ins Nirgendwo gewesen – dem Weg, der sich immer wieder hin und her schlängelte."

„Genau wie Reisende in der Wüste." Dorotheas Augen versuchten sich zu öffnen, schlossen sich aber schläfrig wieder. „Warum hat er nicht jemanden nach dem Weg gefragt?"

„Er glaubte nicht , dass es irgendjemand wüsste. Er war viel weiser als die meisten Menschen, die an ihm vorbeikamen. Vielen, die in Not zu sein schienen, hatte er Geld gegeben; er war sehr großzügig, sehr freundlich und gab großzügig; aber Er wandte immer den Kopf ab, wenn er gab. Er mochte es nicht, Leid und Kummer zu sehen, und mit Sünden bestimmter Art hatte er kein Mitleid, und deshalb wollte er nicht hinsehen. Aber nach einer Weile musste er hinschauen.

„Er stand an der Stelle, von der er ausgegangen war, und zu seiner Überraschung sah er etwas, was er noch nie zuvor gesehen hatte. Aus seiner Mitte führten alle möglichen Straßen, die sich außer Sichtweite erstreckten, und auf jeder von ihnen waren Menschen unterwegs , alle möglichen Menschen, und er wusste, dass er nicht länger stillstehen konnte. Er musste einen dieser Wege nehmen, aber welchen er wusste nicht. Als er unsicher stand, was er tun sollte, spürte er, wie ihn jemand berührte, und schaute Als er hinabstieg, sah er ein Kind; und in seine starke Hand ließ das Kind seinen Kleinen gleiten.

„‚Ich habe auf dich gewartet', sagte er. ‚Ich habe lange, lange gewartet.'

"'Für mich?' Der Mann wich zurück. „Du kannst nicht auf mich gewartet haben.
Ich kenne dich nicht, Kind!"

„Er hörte einen kleinen Seufzer, so sanft wie das Rauschen von Flügeln, und wieder lächelte der Junge.

„‚Aber ich kenne dich. Es gibt viel für dich zu tun.'

„ Wieder hielt sich der Mann zurück. ‚Es gibt nichts für mich zu tun. Ich zahle meine Steuern und gebe meinen Zehnten und lasse die Welt in Ruhe.'

„‚Du kannst die Welt nicht in Ruhe lassen. Es ist deine Welt.' Der Junge blickte auf. „Komm, sie warten."

„‚Wer wartet?'

"'Deine Leute.'

„‚Ich habe keine Leute. Es wartet niemand auf mich.'

„Das Kind schüttelte den Kopf. ‚Du kennst deine Leute nicht, und sie warten. Wir müssen uns beeilen, die Zeit ist knapp. Wir werden zuerst diesen Weg gehen, dann diesen und dann diesen und jenen und jenen . Auf jeden warten sie.'

„Die ganze Nacht hindurch reisten sie, bergauf und bergab, durch schmale Pfade und versteckte Orte hinein und wieder heraus, und überall sah er sie, die Menschen, die er nie gekannt hatte. In die Dunkelheit von Gruben und Minen, in die Feuer von Gießereien und …“ In die Hochöfen, in die Fabriken, in denen sich Räder Tag und Nacht drehten, und in die Laderäume der Meeresschiffe führte ihn das Kind, um ihm die Menschen zu zeigen, die ihm gehörten. In Kellern und Dachkammern, in Gefängnissen und Gefängnissen, in Geschäften und Geschäften In Hunger und Kälte, in der Stille der Krankheit, im Lärm der Sünde warteten sie auf sein Kommen; und in ihren Gesichtern war etwas zu sehen, das ihn dazu brachte, das Seine zu bedecken, und er flehte das Kind an, es dorthin zu bringen, wo es wieder atmen könne.

„Aber das Kind hielt seine Hand noch fester. ‚Du bist lange gereist und hast es nicht gewusst‘, sagte es. ‚Du hast geholfen, die Dinge so zu machen, wie sie sind, und jetzt musst du es sehen.‘

„‚Ich habe geholfen, die Dinge so zu machen, wie sie sind? Ich habe nicht einmal davon geträumt, dass so etwas sein könnte!‘“

„‚Ich weiß. Und deshalb bin ich gekommen. Sie sind dein Volk; und du wusstest es nicht.‘

„Und dann nahm ihn das Kind mit auf eine andere Straße, eine, die glatt und weich war, und die Luft, die darüber wehte, war warm und duftend. Darauf trugen die Frauen Juwelen und Spitzen und prächtige Gewänder; und die Männer warfen Gold weg, um es zu sehen.“ im Sonnenlicht leuchten, warf es, damit andere sie werfen sehen könnten.

„‚Warum kommen wir hierher?‘ fragte der Mann. „Sie warten nicht. Sie brauchen nicht.“

„Das Kind sah ihm ins Gesicht. ‚Auch sie warten – darauf, dass jemand es ihnen sagt. Und sie brauchen es auch, denn überall schmerzt das Herz. Manchmal sind die Einsamsten hier.‘

„Bevor eine Antwort gegeben werden konnte, verließen sie die Hauptstraße, und in einem kleinen Seitenweg hörten sie das Lachen von Kinderstimmen; und als sie nach vorn blickten, sahen sie ein kleines Haus mit Kränzen in den Fenstern, durch die der Schein des Feuerscheins drang Fäden tanzenden Lichts auf dem Schnee, und die Tür stand offen.

„‚Wir werden hineingehen‘, sagte das Kind, ‚denn dort ist Willkommen.‘

„Drinnen hingen die Mutter, der Vater und alle Kinder Stechpalmen an den Wänden und brachten Bündel, Kisten und seltsam geformte Pakete aus den anderen Räumen und versteckten sie unter Stühlen und Tischen und an abgelegenen Orten; Und dann wurde eine Reihe Strümpfe an den Kaminsims gehängt, und die Kinder klatschten in die Hände und tanzten im Zimmer umher. Und dann warfen sie ihre Arme um ihren Vater und ihre Mutter, gaben ihnen einen Gute-Nacht-Kuss und verließen sie, damit Kris Kringle kommen konnte In.

„Sie haben kein Geld, sind aber sehr reich‘, sagte das Kind. ‚Sie lieben viel.‘

„Über lange und kurze Straßen, über einige dunkle und andere helle, gingen sie ihres Weges, und bald kamen sie zu einer schäbigen, schneebedeckten Straße, wo Kinder ihre Gesichter an Schaufenster drückten und Männer und Frauen eilten in überfüllte Geschäfte hinein und wieder hinaus, und das Kind lockerte seinen Griff um die Hand des Mannes. „Ich muss jetzt gehen“, sagte er.

„Oh nein, du darfst nicht gehen!‘ Schnell griff der Mann nach ihm. „Du darfst nicht gehen. Ich kenne nicht einmal deinen Namen!“

„Das Kind schüttelte den Kopf. ‚Ich kann nicht bleiben. Und eines Tages wirst du meinen Namen kennen.‘

„Aber warum bist du gekommen? Wenn du mich verlassen musst, warum bist du dann gekommen?‘

„Warum bin ich gekommen?‘ In der Menge verschwand er, aber das Licht in seinem Gesicht strömte hindurch. „Ich bin gekommen, um den Menschen Wohlwollen zu bringen. Ich bin gekommen, damit die Menschen es wissen.“

XVI
Eine Planänderung

Als Moses sah, wie Mr. Laine von einer Seite seines Schlafzimmers zur anderen eilte, in einer noch nie dagewesenen aufgeregten Eile Kommodenschubladen und Schranktüren öffnete und Dinge auf den Boden und das Bett warf, war er überzeugt, dass mit dem Verstand seines Herrn etwas nicht stimmte . Es war ganz plötzlich passiert. Er hatte sein Abendessen gegessen, aber so wenig, dass Caddie, der Koch, vor Wut in Tränen ausbrach. Tagelang waren ihre besten Bemühungen ignoriert worden, und eine Versuchung nach der anderen, Triumphe der Geschicklichkeit ihrerseits, waren zurückgekehrt, kaum gekostet und, was noch schlimmer war, ohne einen Kommentar dazu abgegeben zu haben. Bisher war ihm nie Lob vorenthalten worden, und um ihn zu erfreuen, war ihm keine Mühe zu groß, keine Zeit zu kostbar; aber wenn es das war, was sie bekommen sollte – Caddy war Irin, und sie warf Vögel und Kalbsbries in die Dose und schlug Moses die Tür vor der Nase zu.

„Nein, Siree! Ich werde nicht zulassen , dass das Essen der Weißen in die Mägen der Schwarzen gelangt, das bin ich nicht !" sagte sie und schüttelte beide Fäuste zur Decke. „Schweine können es zuerst haben; es gibt einen Grund für Schweine, aber dieser Niggermann Moses!" Ihre Nase ging nach oben, ihr Kopf ging zurück und sie weinte laut. Die Arbeit ihrer Hände war nichts wert. Sie würde sterben und begraben werden, bevor Moses es bekommen würde!

Beim Kaffee hatte Laine nach seiner Post gefragt, um Moses aus dem Zimmer zu holen. Eine Kreatur, die immer lächelte, war nicht immer zu ertragen, und heute Abend war er nicht in der Stimmung für ein Lächeln.

Moses brachte zwei Briefe. „Das ist alles", sagte er.

Laine winkte ihn hinaus und öffnete das oberste, das von Dorothea stammte. Was für eine seltsame Neigung das Kind zum Schreiben hatte! Mit dem Ellbogen auf dem Tisch und der Zigarre in der Hand begann er gleichgültig zu lesen; Doch im nächsten Moment versteifte sich seine Hand, und sein Gesicht wurde bis zu den Lippen weiß, und halb laut las er es noch einmal.

Lieber Onkel WINTHROP, ich habe neulich Abend vergessen, dir etwas zu sagen. Ich habe dir einmal erzählt, dass die Freundin von Cousine Claudia dieser Mann aus Washington war. Er ist es nicht. Ich fragte sie und sie sagte, das sei nicht der Fall. Ich fragte sie, ob sie ihn heiraten würde, und sie sagte, das sei nicht der Fall. Ich sage nicht gern Dinge, die nicht wahr sind, und deshalb sage ich es Ihnen. Miss Robin French glaubt, alles zu wissen. Wir fahren morgen weg.

Deine liebevolle Nichte
DOROTHEA.

PS: Wenn eine Frau heiratet, muss sie mit einem Mann weggehen, nicht wahr? Deshalb wird sie nicht heiraten. Sie sagt, dass sie Elmwood mehr liebt als jeden anderen Mann, den sie bisher gesehen hat. Ich bin so froh, nicht wahr?

D.

Laine starrte noch einen halben Moment auf das Papier in seiner Hand, dann fiel es mit der Zigarre zu Boden und er hob den Kopf, als wolle er Luft holen. Etwas war gerissen, etwas, das angespannt und eng gewesen war, und seine Kehle schien sich zu schließen. Plötzlich sank sein Gesicht in seine Arme. Was für ein Idiot war er gewesen! Er hatte sich vom Geschwätz eines Kindes quälen und zum Schweigen bringen lassen, und jetzt war sie weg. Nach einer Weile hob er den Kopf und wischte sich die feuchten Hände ab; Und als er die Schrift auf dem Brief neben sich sah, machte sein Herz einen so seltsamen Klick, dass er sich umsah, um zu sehen, ob die Tür geschlossen war. Schnell öffnete er den Umschlag und versuchte zu lesen: Er konnte nichts sehen; Die Worte liefen ineinander über, und als er zu einem Seitenlicht ging, hielt er das Papier dicht daran.

LIEBER HERR. LAINE, – Wir haben ein sehr altmodisches, ländliches Weihnachtsfest, aber wir würden uns freuen, wenn Sie es bei uns verbringen, sofern Sie nichts anderes vereinbart haben. Onkel Bushrod und ich werden am Mittwoch am Kai sein, um das Boot von Fredericksburg abzuholen, und wenn Sie dabei sind, bringen wir Sie mit nach Hause, und wenn nicht, wird es uns leid tun, also kommen Sie, wenn Sie können. Ein oder zwei andere Freunde kommen an diesem Tag, aber die meisten unserer Gäste sind hier. Alle Züge aus dem Norden halten in Fredericksburg, und das Boot, das den Fluss hinunterfährt, fährt jederzeit nach 14:00 Uhr ab. Die Abfahrtszeit hängt von der Frachtmenge, der Bequemlichkeit der Passagiere und der Bereitschaft des Kapitäns ab. Da es nur dreimal in der Woche ein Boot gibt, können Sie nicht rechtzeitig zu Weihnachten hier sein, es sei denn, Sie nehmen das Dienstagsboot, das Brooke Bank, das ist unsere Anlegestelle, am Mittwochmorgen um zehn Uhr erreichen sollte. Kommen Sie, wenn Sie können.

Mit freundlichen Grüßen CLAUDIA KEITH.

„Wenn ich kann! Wenn ich kann!" Mit einer plötzlichen Handbewegung wurde der Brief in eine Tasche gesteckt, seine Uhr aus einer anderen herausgeholt und der Knopf unter dem Licht heftig gedrückt. Es war Viertel nach acht. Der letzte Zug nach Washington fuhr um halb eins ab, und ein Einheimischer von dort erreichte Fredericksburg am nächsten Morgen um neun Uhr vierundzwanzig. Er kannte die Zeitpläne gut. „Ich habe drei Stunden und fünfundvierzig Minuten", sagte er leise. „Ich würde es schaffen, wenn es nur fünfundvierzig Minuten gäbe – wenn es nur zehn wären."

Und dann kam Moses, als er auf das Läuten der Glocke antwortete, zu dem Schluss, dass sein Herr nicht er selbst war. Er hatte ihn vor ein paar Minuten verlassen, unnahbar in seinem Schweigen, ohne Wertschätzung für seine Bemühungen, ihm zu gefallen und für ihn zu sorgen, und jetzt gab er so viele Befehle auf einmal, rief nach diesem und jenem, zog Kleider heraus und schob sie zurück, jenes Moses, der es hasste, in Eile zu sein, wie nur seine Rasse es hassen kann, stand hilflos da und wusste nur, dass etwas passiert war, etwas, das er nicht verstand.

„Haben Sie Ihre Reitkleidung gesagt, Sir?" fragte er und hielt ein Hemd in der Hand. „Oder hast du gesagt –"

„Ich weiß nicht, was ich gesagt habe." Laine warf eine Schachtel Taschentücher um und warf eine weiße Weste auf das Bett. „Wo sind meine Rasierutensilien? Ich habe dir doch gesagt, dass ich keinen Koffer brauche. Nimm das verstaubte Ding weg. Ich breche mir den Hals darüber! Wo ist diese englische Tasche – die große? Hol sie dir, ja, und Stecke meine Reitkleidung, meine Abendgarderobe und einen weiteren Anzug hinein; stecke die Dinge hinein, die ich brauche. Du hast es oft genug eingepackt. Rufe Jerdones Privatnummer an und sag ihm, dass ich alle Blumen haben möchte, die er hat. Mach dich auf den Weg auf dich, Moses. Wenn du gelähmt bist, sag es mir; wenn nicht –"

„Nein, Sir. Ich bin nicht gelähmt. Ich bin nur demoralisiert. Plötzlichkeit hat mich immer verärgert. Beim Abendessen sehen Sie aus, als wären Sie genauso tot wie lebendig , und jetzt –"

„Sie oder ich werden tot sein, wenn ich den Zug um halb eins verpasse. Haben Sie das Taxi gerufen?"

„Nein, Sir. Ich nenne kein Taxi. Sie nennen das Wort Taxi nie . Sie meinen –" Moses' Hände fielen schlaff an seine Seite. „Du meinst, du fährst über Weihnachten weg?"

"Das ist, was ich meine!" Laines Stimme war jubelnd und aufschlussreich, und er hustete, um den Klang zu verbergen. „Übrigens, Moses, warum gehst du nicht über Weihnachten nach Hause? Hast du mir nicht gesagt, dass du aus Virginia kommst? Aus welchem Teil?"

„Palmyra, Sir. Aus Fluvanna County, da komme ich her. Entschuldigen Sie, aber ich muss mich unbedingt niederlassen. Nach Hause gehen ? *Ich* nach Hause *gehen* ? fünf Dollar, und bis ich diese Farm für das bezahlt habe, was ich gekauft habe , um dorthin zurückzukehren und dort zu sterben, kann ich nirgendwo hingehen. Das kann ich nicht."

Laine blickte von der Sammlung von Kragen, Krawatten und Manschetten auf, die er sortierte. „Ist es das Geld, das dich zurückhält, oder willst du nicht gehen?"

„Ich will nicht gehen!" Die Handflächen von Moses kamen zusammen, öffneten sich und kamen zurück. „Gestern habe ich fast den Bus aufgemacht und wollte gehen. Meine Mutter ist fast achtzig, und sie hat Miss Lizzie dazu gebracht, mir zu schreiben und mich zu bitten, zu Weihnachten hierher zu kommen. Miss Lizzie ist die jüngste Älteste des alten Major Pleasants– " Magdtochter. Er hat drei davon . Er war der Vater meiner Mutter , der alte Major Pleasants, und er hat mir das Land verkauft, auf dem meine Mutter jetzt lebt . Er hat nicht viel dafür verlangt, aber ich musste es haben Ich habe ein Haus gebaut, ein paar Schweine und ein paar Möbel gekauft und eine Kuh gekauft, und ich habe zwei von diesen Straßenbahn-Maultieren gekauft, die in Richmond waren, als sie dort unten die Elektroautos aufstellten. Es war die erste Stadt in der Die Vereinigten Staaten haben sie , Richmond war es. Sie dachten, die Pantoletten wären abgenutzt, aber es gibt keine ausgelasseneren als sie in der Grafschaft , das sage ich Ihnen jetzt. Ich war seit vier Jahren nicht mehr zu Hause –"

„Und deine Mutter ist achtzig?"

„Ja, Sir, das sagen sie mir, obwohl sie sagt , sie wisse es selbst nicht, vorausgesetzt , sie hatte vier Chillern , was bei Kriegsausbruch eine gute Größe war. Ich gehöre zur zweiten Generation. Meine Mutter hatte neunzehn Chillern , das kleinste , nichtsnutzige Los, das der Herr jemals auf dieser Erde leben ließ, wenn ich es wirklich sagen darf, und keiner von ihnen tut etwas für sie, rettet mich und Eliza „Eliza, sie ist meine Schwester und lebt mit ihr zusammen."

„Und du möchtest Weihnachten mit deiner Mutter verbringen, sagst du?"

In den Jahren seines Dienstes hatte Moses noch nie zuvor Familienangelegenheiten erwähnt, aber nachdem er damit begonnen hatte, würde er wahrscheinlich nicht mehr damit aufhören, und Laine musste unterbrechen.

„Ja, Sir. Dieses Weihnachten würde ich das tun. An manchen anderen Weihnachten würde ich das nicht tun, zähle ich von einem jungen Mädchen, das am nächsten Ort wohnte. Es war im Sommer, als ich das letzte Mal zu Hause war, und sie kam „Ein wahrscheinlich aussehendes Mädchen, ich habe ab und zu viel von ihr gesehen, und ich rede einfach mit und erzähle ihr von New York und was für einem großartigen, einsamen Ort es war und wie mein Herz sehnsüchtig nach meinem eigenen wurde . " Leute, und – solche Dinge, wissen Sie, aber ich habe es nicht ernst gemeint oder irgendwelche Heiratspläne gehabt, und als erstes, was ich weiß, hat sie mich mit ihr verlobt. Sie jagt mich fast zu Tode, dieses Mädchen Ich habe es getan, aber Miss Lizzie sagte, sie sei jetzt weggegangen und ich könne in Frieden kommen.

Laine holte seine Handtasche heraus, steckte ein paar Notizen in einen Umschlag und reichte ihn Moses. „Das ist für Ihr Ticket und um ein paar Dinge zu besorgen, die Sie Ihrer Mutter mitbringen können“, sagte er. „Seien Sie bis zum dreißigsten zurück und beeilen Sie sich und rufen Sie das Taxi für den Zug um halb eins. Ich muss noch ein paar Briefe schreiben, bevor ich gehe, und wir dürfen keine Zeit verlieren. Sagen Sie Caddy, dass ich sie sehen möchte, und lassen Sie es bleiben Vergessen Sie die Familie Reilley und sorgen Sie dafür, dass alles in gutem Zustand bei ihnen ankommt – ein gutes Abendessen und alle Bündel und genug für die Strümpfe. Sagen Sie Caddy, dass ich warte.“

Später versiegelte Laine in der Bibliothek seinen letzten Brief und legte ihn auf den Stapel, den Moses am Morgen verschicken sollte. Vielleicht war er dieses Weihnachten etwas voreilig gewesen. Nun, nehmen wir an, er hätte es getan. Die Jungs im Büro hatten das ganze Jahr über gute Arbeit geleistet und das sollte man ihnen auch sagen. An sich war ein Scheck eine ziemlich kalte Sache, und die Worte, die er jedem geschrieben hatte, waren ehrlich gemeint. Und Miss Button, seine Stenographin, brauchte einen kleinen Ausflug. Zehn Tage in Atlantic City mit ihrer Mutter würden sie hochziehen. Sie sah in letzter Zeit schlecht aus – sie machte sich Sorgen um ihre Mutter, hatte Weeks ihm erzählt. Schade, dass sie so heimelig war. Es war ziemlich unfair, wie Frauen an beiden Enden der Leitung arbeiten mussten. Auch Weeks konnte seiner Frau den Pelzmantel besorgen, den er ihr seit drei Jahren gewünscht hatte. Was für ein ehrlicher alter Ente Weeks war! – und wer würde jemals glauben, dass er so voller Gefühle war wie ein zwanzigjähriger Junge? Er hatte gehört, wie er an diesem Morgen mit Miss Dutton über den Mantel sprach. Fünfzehn Jahre lang war Weeks sein Sekretär gewesen, aber heute Abend hatte er ihm zum ersten Mal in echten Worten seine Wertschätzung für seinen treuen Dienst zum Ausdruck gebracht. „Ich würde keine Million wollen, wenn da nicht etwas Liebe wäre“, hatte Claudia zu ihm gesagt und vor seinen halb geschlossenen Augen schien sie vor ihm zu stehen.

„Das sind ihre Geschenke“, sagte er. „Ich war blind und sie hat mich sehen lassen.“

XVII
EIN BESUCH IN VIRGINIA

Erst als er sich im Auto niedergelassen hatte, begriff Laine, was die Reise bedeutete, die er unternahm. Die letzten paar Stunden waren zu hektisch gewesen, um nachzudenken; Aber als er im Raucherabteil saß, durfte der Gedanke nicht länger auf Eis gelegt werden, und er gab ihm nach, ohne sich die Mühe zu machen, ihn zurückzuhalten.

Schlafen war unmöglich. Der Zug, der um 19.12 Uhr in Washington ankommen sollte, musste dort in einen Regionalzug nach Fredericksburg umgetauscht werden, aber das frühe Aufstehen war kein Problem. Die ganze Nacht wach zu sitzen, wäre nichts gewesen. Jede Drehung des Rades brachte ihn näher und näher, und es war eine seltsame Freude, ihnen zuzuhören. Erst an diesem Morgen hatte er sich gewünscht, dass Weihnachten vorbei wäre, hatte tatsächlich die Tage gezählt, bis das Geschäft wieder in Angriff genommen werden konnte, und jetzt würde jede Stunde von unschätzbarem Wert sein, jeder Moment, den man hungrig zurückhalten musste.

Die Tage, in denen er Claudia gesehen hatte, ließen einen nach dem anderen vor ihm Revue passieren. Die Drehung ihres Kopfes, das Licht auf ihren Haaren, die Haltung ihres Körpers auf ihrem Pferd, ein paar fröhliche Gespräche, die wenigen langen, ruhigen, der Ausdruck von Augen, die keine Angst vor dem Leben haben, leichtes Lachen und manchmal ein schnelles Stirnrunzeln und eine schnellere Sprache , und am deutlichsten von allem, der Abend, an dem sie ihm die Geschichte erzählt hatte, mit Channing in ihren Armen und Dorothea in seinen. Es hatte wenige wache Momente gegeben, in denen es sich für ihn nicht wiederholt hatte, und in seinen Träumen würde sich die Szene ändern und das Zuhause würde ihnen gehören – seinem und ihrem Zuhause – und sie würde ihm erneut sagen, was das Leben bedeuten sollte.

Den Namen des Landes, in dem er lebte, kannte er schon lange. Es war tatsächlich ein einsames Land; aber dass es seine eigene Entscheidung war, hatte er nicht verstanden, und er hatte auch nicht daran gedacht, dass alle Menschen sein Volk seien. Es gab viel, was er wissen musste. Er brauchte Hilfe, brauchte sie unendlich. Wenn sie es geben würde … Ein Mann kam leicht schwankend ins Abteil, und als Laine aufstand, ging sie schnell hinaus. Einige Augenblicke stand er im Vorraum und ließ die Luft aus einer teilweise geöffneten Tür über sich wehen, dann drehte er sich mit einem Blick zu den Sternen um und trat ein.

Am nächsten Morgen wandte sich Laine in Fredericksburg an den Neger-Hackman, der mit Chesterfield-Verbeugungen über seinem Gepäck und seinen Kisten schwebte, und erkundigte sich nach dem Boot, der Abfahrtszeit, einem Hotel und dem, was es während der Fahrt zu sehen gab stundenlanges Warten; und bevor er verstand, wie es passierte , fand er sich und seine Utensilien in der schäbigen alten Hütte wieder und man sagte ihm, er würde sofort zum Boot gebracht werden. Er war noch nie in Virginia gewesen, hatte noch nie ein Exemplar menschlicher Natur gesehen, wie es jetzt eine Peitsche in der einen Hand schwenkte und mit der anderen einen abgenutzten und zerschrammten Seidenhut in Richtung der schlammigen Straße schwenkte, die vom Bahnhof in die darüber liegende Stadt führte, und Mit verwirrten Augen blickte er den Mann vor sich an.

„Ja, suh ! Ich weiß jes 'genau das, was du tun willst ' , suh . Setz dich doch gleich wieder in die Kutsche , und ich bringe dich und das Gepäck direkt zum Boot und lade es für dich rein, und dann gehen du und ich herum und sehen uns diese Stadt an . Ich schätze, du warst noch nie an diesem Ort . Geht es dir jetzt gut ? “ Der einst glänzende Hut wurde auf den Hinterkopf des ergrauten grauen Kopfes gesetzt, ein abgenutztes und zerrissenes Gewand wurde um Laines Knie geschlungen, und bevor eine Antwort gegeben werden konnte, war der Fahrer auf dem Bock, der Peitsche war gebrochen, und zwei schläfrige alte Pferde begannen die leichte Steigung der langen Straße, von der sie bald abbogen, um zum Kai zu gehen, wo das Boot lose daran festgemacht war.

Eine halbe Stunde später, nachdem Taschen und Kisten in einer Kabine verstaut, eine hastige Besichtigung des Bootes gemacht und ein paar Worte mit einem blau gekleideten Mann mit freundlichen Manieren über die Abfahrtszeit gewechselt worden waren, stieg Laine wieder ein In einem alten, baufälligen Versteck wurden zwei Stunden lang die Ehren und Herrlichkeiten der kleinen Stadt gezeigt, die bisher nur ein Name gewesen war und für immer eine lächelnde Erinnerung sein sollte. Schnee und Schneematsch bedeckten die Bürgersteige, der Schlamm lag tief in der Mitte der Straßen, aber die Luft stieg mit ihrer stechenden Frische bis zum Kopf, die Sonne schien strahlend und in den Gesichtern der Menschen stand fröhliche Zufriedenheit.

Die Zügel fielen ihm locker in den Schoß, Beauregarde , der Fahrer, saß seitlich auf dem Bock und gab Informationen in seinen eigenen Worten von sich; und Laine schaute und hörte in stiller Freude den gemachten Aussagen und der Art und Weise zu, wie sie gemacht wurden.

„Ja, na ja , diese Stadt ist in historischer Hinsicht die zweitgrößte Stadt nach Williamsburg, na ja , obwohl die Leute es erst erfahren, wenn sie kommen und es von mir erfahren. Ich bin diese Stadt gefahren und ... “ Ich beschäftige mich seit mehr als vierzig Jahren mit der Geschichte , und ich kratze kaum an der Haut dessen , was passiert ist, bevor überhaupt an einen

Yankee-Mann gedacht wurde. Vor dem Krieg gab es keine Yankees. Aber sie haben sich so überall auf dem Land verbreitet , dass sie fast alles davon in Besitz genommen haben. Sie sind schlimmer als diese kleinen englischen Spatzen, sagen sie mir. Marse George Washington, er ist auf dem Weg zur Schule immer durch diese Straßen gegangen. Er musste den Fluss von der Ferry Farm dort drüben überqueren" – die Peitsche wurde vage in der Luft geschwenkt – „und er trug lange Hosen, bis er ein Mann wurde. Junge Leute zeigten damals ihre Beine nicht, naja , meine Herren. Der Ort, an den wir kommen , ist Swan Tavern, und wenn es sprechen könnte, könnte es Dinge sagen, die große Männer sagten, das könnte es. In diesem Haus ist Miss Mary, die Mutter von Marse George Washington Sie lebte, als sie zu alt war, um die Farm zu leiten. Einige Gesellschaften besitzen das, was geschaffen wurde, um unsere Missetaten in Virginia zu bewahren, und sie haben ihr ein Denkmal errichtet, das einzige, das jemals einer Frau als Mutter eines Mannes errichtet wurde . Sie waren Buschefs, die Washingtons waren es, aber das waren auch viele andere, die nichts getan haben, um das zu beweisen, und das ist jetzt vergessen, und gute Leute gab es damals so zahlreich, dass es nicht genug andere gab um ihnen Ehrerbietung zu erweisen. Gouverneur Spottswood und seine Horse-Shoe-Herren aßen einmal in dieser Stadt zu Abend , und Präsident James Monroe lebte hier . Ich werde Ihnen gleich sein Zuhause und sein Büro zeigen und das Haus, in dem Marse Paul Jones früher lebte. Ich schätze, Sie haben schon von Marse John Paul Jones gehört, nicht wahr ?"

Laine gab zu, von ihm gehört zu haben, aber historische Persönlichkeiten interessierten ihn nicht so sehr wie heutige. Die Bewohner bestimmter malerischer und charmanter alter Häuser mit Dienstbotenquartieren im hinteren Bereich und blumengeschmückten Gärten im vorderen Bereich, deren Rosensträucher jetzt geknickt und mit Schnee bedeckt waren, legten Berufung ein, während die anderen Orte berühmter Assoziationen scheiterten zu tun, und er fragte sich, in welchem von ihnen Claudias Verwandte lebten.

In Marye's Heights wurde Beauregarde beredt. Die Hälfte von dem, was er sagte, blieb jedoch ungehört, und als Laines Blick über die berühmten Schlachtfelder schweifte, bildeten sich auf seiner Stirn feine Falten. Hätten sie auf andere Weise gelöst werden können – jene Fragen, die einer Nation das Herz aus der Brust gerissen hatten? Wäre das Blutvergießen für immer notwendig? Er befahl Beauregarde, zum Hotel zu fahren. Es blieb nur noch Zeit für das Mittagessen und dann das Boot, das ihn den Fluss hinunter zu Claudia bringen würde.

Als das Boot vom Kai abbog und sich langsam den schmalen Fluss hinab bewegte und sich wie ein Hufeisen um seine vereisten Ufer schlängelte, betrachtete Laine, die im Bug stand, die Szene genau und fragte sich, ob es erst gestern gewesen sei dass er in der Hektik des Stadtlebens gewesen war. Direkt aus dem Wasser erhob sich die Klippe kühn. Strahlen aus blassem Sonnenlicht sandten Fäden in Regenbogenfarben auf den Schnee, der es bedeckte, und durch die mit Kristallen bedeckten Bäume konnte man hier und da ein stattliches Herrenhaus mit Blick auf den Fluss sehen. Hin und wieder tauchte eine Möwe über das Wasser, tauchte und planschte und stieg in der klaren, kalten Luft wieder auf, und bis auf das Pochen des Motors war kein Geräusch zu hören.

Bis die Sonne untergegangen war und die Dunkelheit es unmöglich machte, die Ufer, Klippen und den gewundenen Fluss weiter zu erkunden, ging Laine mit den Händen in den Taschen über das Deck und dachte an den Morgen und die Tage, die vor ihr lagen. Das Boot würde für die Nacht in Pratt's Wharf festmachen und am nächsten Morgen um zehn Uhr in Brooke Bank eintreffen, sofern es keine ungewöhnliche Verzögerung gab. Plötzlich erinnerte er sich, dass sie gesagt hatte, dass andere Freunde auf dem Boot sein würden. Die meisten Passagiere kehrten offensichtlich mit Paketen und Bündeln von einem Einkaufsbummel in die Stadt nach Hause zurück, aber zwei Stadtmenschen hatte er bemerkt und dann in Gedanken an andere Dinge vergessen. Wer waren sie? Er öffnete die Tür der stickigen kleinen Hütte und ging hinein. Fünf Minuten später saß er am Abendbrottisch und neben den beiden Männern, die sich mit Untertönen über frühere Weihnachten in Elmwood unterhielten. Sie waren jung, gutaussehend und aus Claudias Welt. Er stand auf und ging wieder hinaus.

XVIII
ULMENHOLZ

Laine hatte Claudia schon seit einiger Zeit gesehen. Sie ging den kleinen Kai am Ende der langen Brücke auf und ab, die ohne Schienen und schmal war und weit in den Fluss hineinführte, die Hände im Muff, den Kragen ihres Pelzmantels hochgeschlagen, ihr Gesicht nicht durch den braunen Schleier geschützt, der sie bedeckte Als er den enganliegenden Hut sicher festband, hatte er sie von weitem gesehen, und als sie zur Begrüßung mit der Hand winkte , hob er seinen Hut und winkte zurück.

Ein paar Minuten später schüttelte er ihr, ihrem Onkel, seinen beiden Mitreisenden und einigen anderen Menschen die Hand, und alle unterhielten sich gleichzeitig. Die am Kai riefen denen auf dem Boot zu, und die auf dem Boot stellten Erkundigungen ein oder schickten ihnen Nachrichten von denen am Kai, und erst als Laines Onkel noch einmal kräftig die Hände schüttelte, als die Essex ablegte, verstand er genau, wer sein Gastgeber war?

„Herzlich willkommen in Virginia, Sir! Herzlich willkommen! Wir freuen uns, Sie bei uns zu Hause zu haben! Hier, Claudia, Sie fahren Mr. Laine im kleinen Schlitten und ich nehme die Jungs im großen mit. Sind Sie bereit? Sehen Sie sich diesen Schlingel Jim an, der eine Hornpfeife tanzt, anstatt den Wagen zu füllen! Wir sind froh, Sie zu kennen, Sir, froh, Sie bei uns zu haben!" Und zum dritten Mal wurden Laines Hände von dem rotgesichtigen, weißhaarigen alten Herrn mit den funkelnden, verblassten blauen Augen und der altmodischen Kleidung kräftig geschüttelt; geschüttelt, bis es weh tat. Er war kein Fremder mehr. Die Berührung von Händen, der Klang einer Stimme und etwas ohne Namen hatten ihn zu einem von ihnen gemacht, und er wusste, dass das, woran er einst gezweifelt hatte, wahr war.

Vor ihnen winkten seine Mitreisenden, der eine ein Cousin von Keith und der andere ein Freund, zurück und verschwanden in einer Straßenbiegung; und als Claudia die Zügel übernahm, drehte er sich zu ihr um.

„Haben Sie schon lange gewartet? Sind Sie sicher, dass Ihnen nicht kalt ist?" er hat gefragt.

„Kalt! An einem Tag wie diesem?" Die Farbe in ihrem Gesicht war strahlend. „Solches Wetter haben wir nicht oft und es ist unmöglich, drinnen zu bleiben. Ich   liebe   es !

"Mut!" Er lachte und zog den Bademantel enger um sie. „Es war die interessanteste Reise, die ich je gemacht habe. Das ist ein sehr schönes Land."

„Wir glauben, dass es so ist." Sie drehte sich leicht um und sah sich um. Von der Bootsanlegestelle aus schlängelte sich die Straße allmählich den Hang hinauf zum Bergrücken oberhalb des Flusses. und als sie seinen Gipfel erreichten, war der Blick auf diesen frei, und weit und blau erstreckte er sich ruhig und still zwischen seinen schneebedeckten Ufern.

Laines Augen schweiften über die Szene vor ihm. Der strahlende Sonnenschein auf dem Feld, dem Fluss und der kurvenreichen Straße blendete für einen Moment. Die beißende Luft brannte in seinem Gesicht, und das Leben kam ihm plötzlich wie eine herrliche, freudige Sache vor. Das Mädchen neben ihm blickte nach vorn, als ob dort etwas zu sehen sei; und wieder wandte er sich ihr zu.

„Gefällt es dir hier?"

"Liebe es?" Ihr Blick richtete sich auf ihn. „Alles drin, davon, darüber!" Mit der linken Hand strich sie die Haarsträhnen weg, die ihr der Wind über die Augen geweht hatte. „Es ist mein Zuhause."

„Eine Frau kann sich überall ein Zuhause schaffen. Ein Mann —"

„Nein, sie kann nicht – das heißt, ich könnte nicht. Ich würde in New York ersticken. Es ist wunderbar, dorthin zu gehen. Ich liebe seine Aufregung und Farbe und die großartigen Dinge, die es macht; aber das kann man nicht." Lausche dem Wind in den Bäumen oder beobachte, wie die Sterne auftauchen, oder lass deinem anderen Selbst eine Chance." Sie drehte sich zu ihm um. „Wir sind hier unten sehr langsam und seltsam. Bist du sicher, dass es dir nichts ausmacht, über Weihnachten zu kommen?"

Laine beugte sich vor und strich sein Gewand glatt, und aus seinem Gesicht verschwand die Farbe. Er war nur einer von mehreren Gästen. „Du bist sehr nett, mich kommen zu lassen", sagte er leise. „Ich habe dir nicht gedankt. Ich weiß nicht, wie ich dir danken soll. Weihnachten allein —"

„Ist ungerecht!" Sie nickte fröhlich und berührte das Pferd mit der Peitsche. „Da ist Elmwood! Da ist mein Zuhause! Bitte wie Virginia, Mr. Vermont-Mann!"

Bevor er antworten konnte, hielt der Schlitten am Eingang der Straße, die zu dem großen Haus führte, und an der Tür des kleinen Häuschens neben dem immer offenen Tor stand eine kleine, kräftige farbige Frau, die Hände in die Hüften gestemmt und auf ihr Kopf ein farbenfrohes Tuch.

Laine wurde vorgestellt. Mammy Malaprop war dem Ruf nach bekannt, aber keine Worte konnten ein Bild von Malaprop machen, und mit tiefer Freude beobachtete Laine sie, wie sie auf eine ganz eigene Art knickte.

„Wie geht es dir ? Wie geht es dir! Ein überflüssiges Weihnachtsfest für dich
! mehr als ein Haufen Mais von dem, was es einmal war. Geht es ihnen jetzt
gut , Miss Claudia?"

„Ich glaube schon. Ich werde Herrn Laine nach Weihnachten auf ein paar
Hackkuchen und Buttermilch mitnehmen, und vielleicht erzählen Sie ihm
einige der Geschichten, die Sie uns immer erzählt haben, als wir Kinder
waren. Er lebt in New York und —"

„Das tut er! Ich hoffe, er hat sich auf dem Weg nach unten versteinert, denn
man sagt mir, es sei eine Höhle der Promiskuität, und alle Nationen der Erde
hätten darin Platz genommen. Ich kannte eine Frau, die einst dort lebte . Sie
Sie war kurz davor, sich zu Tode zu arbeiten, und sie sagte, sie hätte es nicht
ertragen können, wenn sie nicht auf eine glorreiche Unmoral gehofft hätte,
die sie erwartete , als sie starb –" Und Mammy Malaprops Hände winkten
fröhlich bis zum Schlitten war aus den Augen verloren.

Von der öffentlichen Straße, die am Elmwood-Grundstück entlangführte,
schlängelte sich die Privatstraße, die von jahrhundertealten Ulmen gesäumt
war und zum terrassierten Rasen führte, etwa eine Dreiviertelmeile lang, und
als sie sich dem Haus näherten, sah Laine, dass es architektonisch ein
Meisterwerk war Typ, der noch nie zuvor gesehen wurde. Das zentrale
Gebäude, breit, zwei Stockwerke hoch, mit schrägem Dach und tiefem
Säulenportikus, wäre an sich nicht ungewöhnlich gewesen; Aber die leicht
halbkreisförmigen Korridore, die es mit den beiden Flügeln verbanden,
verliehen ihm eine Anmut und Schönheit, die in den geraden Linien der Zeit,
in der es erbaut wurde, selten zu finden waren, und die Wirkung war
beeindruckend. Am Fuße der Terrasse blies ein kleiner farbiger Junge
leidenschaftlich eine kleine Trompete und grüßte den fremden Gast schrill,
und als sie näher kamen, nahm er seinen Hut ab und hielt ihn in der Hand.

„In Ordnung, Gabriel." Claudia nickte dem Jungen zu. „Lauf jetzt weiter und
sag Jeptha , sie soll das Pferd holen." Sie lachte in Laines verwirrten Augen.
„Er ist Mammy Malaprops Enkel. Er denkt, er sei der echte Gabriel und es
ist seine Pflicht zu blasen. Er singt wie ein Engel, kann aber nicht lernen,
seinen Namen zu buchstabieren. Da sind sie!" Sie winkte der Gruppe auf der
Veranda fröhlich zu.

Als er sie sah, dachte Laine an Claudias Ankunft in New York und sein
Gesicht wurde rot. Die Männer kamen die Stufen hinunter, und einen
Moment später wurde er Claudias Mutter vorgestellt, gnädig, sanft und von
einer feinen und süßen Würde; an ihre Schwester, die in den Ferien mit ihrem
Mann und ihren Kindern zu Hause war; an einen Cousin eines Ingenieurs
aus dem Westen und ein Mädchen aus Philadelphia; und noch einmal
schüttelte ihm Colonel Bushrod Ball die Hand. Es war ein Weihnachtsgast,

der begrüßt wurde, nicht nur Winthrop Laine, und er fragte sich, ob er tatsächlich er selbst war.

Mehr als einmal fragte er sich, bevor der Tag zu Ende war. Unter der Führung des Colonels wurden den Männern ihre Zimmer über das Esszimmer gezeigt, denn wie Moses glaubte Onkel Bushrod, dass innere Fröhlichkeit nach der Kälte im Freien unerlässlich sei; und außerdem muss der Apfelwirbel getestet werden. Es war eine alte Welt, in der er lebte, aber für ihn eine ganz neue. Die fröhliche Stimmung bei den Weihnachtsvorbereitungen, das Kommen und Gehen von Freunden und Nachbarn, die Ungezwungenheit und das Fehlen von Vortäuschungen, das fröhliche Geschwätz und das echte Interesse waren warm und süß; und als jemand, der sich ein Theaterstück ansieht, staunte er darüber, und etwas, das lange für tot gehalten wurde, erregte und pochte und bewegte sich in ihm.

In früheren Zeiten war das Haus zweifellos Schauplatz verschwenderischen Wohnens gewesen, dachte er von Zeit zu Zeit, und er hätte gerne die vielen Räume mit ihren polierten Böden und tiefen Fensterbänken, ihren geschnitzten Täfelungen und Marmorsimsen erkundet; und als er sich am Nachmittag für ein paar Minuten allein in der riesigen Halle befand, schritt er die sechzig Fuß Länge und die zwanzig Fuß Breite ab, um deren Anzahl zu erfahren, studierte die Wendeltreppe mit ihren weißen Pilastern und Mahagonigeländer, überflog eilig die Porträts in ihren angelaufenen Rahmen, einige mit den Unterschriften von Sir Joshua Reynolds, einige mit Stuart und andere von geringerem Ruhm, die über den getäfelten Wänden hingen; und als er hinschaute, wunderte er sich nicht über Claudias Liebe zu ihrem Zuhause.

„Du interessierst dich auch für diese Dinge, oder?“

Die Stimme hinter ihm ließ ihn sich schnell umdrehen. Das Mädchen aus Philadelphia nickte ihm zu und drückte ihre verschränkten Arme fest an ihre Brust. „Das tue ich nicht. Das heißt, nicht bei diesem Wetter, das tue ich nicht. Ahnenhallen klingen gut, aber ungeheizt sind sie ein Horror. Mir ist gefroren, und die Türen stehen natürlich offen. Hast du? War schon in den großen Salons? Ein paar hübsche Dinge sind darin, aber jetzt verblasst und ziemlich schäbig. Warum gehst du nicht in die Bibliothek? Da drin brennt ein Feuer und ein Stuhl, auf dem du sitzen kannst. Alle anderen in der Haus hat etwas drin.

Laine folgte dem Mädchen in die Bibliothek, und während sie ihre Hände an das Feuer hielt , bedeutete sie ihm, sich zu setzen. „Ich glaube nicht, dass irgendjemand auf der Welt so verrückt nach Weihnachten ist wie Claudia. Sie begeistert die ganze Grafschaft, und morgen Abend wird alles da sein. Schenken ist in Ordnung, aber Claudia geht zu weit.“ Das Haus muss gestrichen werden, und ein Ofen würde es zu einem ganz anderen Ort machen, aber sie wird nichts tun, bis sie das Geld auf der Bank hat, um es zu bezahlen; und dennoch wird sie jedem im Umkreis von Meilen ein Weihnachtsgeschenk machen. Als sie sich durchsetzte Das Haus war fürchterlich verpfändet, und sie hat jeden Dollar abbezahlt; aber zufälligerweise haben die Börsen nichts mit der Landwirtschaft zu tun. Ist das nicht ein ziemlich alter Schreibtisch? Ich könnte viele dieser Möbel für sie verkaufen und Ich bekomme viel Geld dafür, aber ich wage es nicht zu sagen. Hier reden sie nie über Geld. Auf meinem Zimmer liegt kein Stück Teppich, und einer dieser alten Joshua Reynoldses im Flur würde so viele Dinge im Haus bekommen Ich bin, glaube ich, sowohl Philister als auch Philister, und ich mag neue Dinge: viele Badezimmer und elektrisches Licht und Dampfheizung. Ich kann es ihnen nicht verübeln, dass sie das alte Silber und Porzellan oder die Esszimmermöbel nicht verkauft haben , obwohl sie dringend einer Überholung bedürfen; Aber einige dieser alten Perückenbilder würde ich sofort verkaufen. Viele Leute würden für ihre Vorfahren gut bezahlen, und das ist so ziemlich alles, was sie hier unten haben. Hallo, Claudia; wir haben gerade über dich gesprochen!"

Claudia legte den Arm voller roter Rosen ab, den sie trug, und begann, eine hohe Vase damit zu füllen. „Hast du etwas gesagt, das nicht nett war?" Sie biss ein Stück Stängel ab. „Wenn ja, dann war es nicht so." Sie wandte sich an Laine. „Du solltest Mutter sehen. Sie hat selten solche Blumen, wie du sie mitgebracht hast. Du hast sie so glücklich gemacht. Es war sehr nett von dir."

"Gut!" Das Mädchen aus Philadelphia verließ den Raum. „Wenn nur-" In seinen Augen war keine Zurückhaltung mehr zu erkennen und Claudia drehte den Kopf, als lausche sie auf etwas draußen.

„Ich glaube, Mutter ruft mich an", sagte sie. „Würde es Ihnen etwas ausmachen, ihr zu sagen, dass ich sofort komme, Mr. Laine?"

XIX
WEIHNACHTEN

Laine blickte auf seine Uhr. Zwanzig Minuten nach zwölf. Weihnachten war vorbei. Zwei Tage später waren auch vorbei, und am Morgen reisten die meisten Gäste ab.

Aus dem Korb neben dem Kamin warf er einen frischen Scheit auf das schwelende Feuer, hob ihn mit dem Fuß weiter nach hinten auf die heiße Asche, rückte den altmodischen Sessel näher an den Kaminsims und drehte das Licht der Lampe herunter Ich setzte mich auf den Kuchentisch neben dem Kaminsims und zündete mir eine frische Zigarre an.

Es war sehr schön, sehr wunderbar, dieses Weihnachten auf dem Land. Seine Erinnerungen würden ihn sein ganzes Leben lang begleiten, und dennoch musste er weggehen und kein Wort von dem sagen, was er Claudia sagen wollte.

Schon am Tag seiner Ankunft war ihm völlig klar gewesen, dass es ein Verstoß gegen einen Kodex sein würde, wenn er ihr von seiner Liebe erzählte, über den die Direktheit seines Wesens in der Gefühlsreaktion, die ihn beim Lesen erfasst hatte, kaum nachgedacht hatte ihre Notiz. Er war auf Einladung zu Gast, und es wäre unverzeihlich, jetzt zu sprechen. In seinem Herzen war kein Platz für Humor, und dennoch war eine komische Seite der Situation, in der er sich befand, unbestreitbar. Der Kontrast zu früheren Gelegenheiten war absurd scharf und entschlossen, und die Ironie in der Art und Weise, wie der kleine Gott Dinge tat, war irritierend offensichtlich.

Wenn in Claudias Herzen das Geheimnis in seinem verborgen war, verbarg sie es gut. Warmherzig, herzlich, kühl und unpersönlich, ehrlich gesagt unbewusst, war sie ihm nie aus dem Weg gegangen und hatte es dennoch geschafft, dass sie nie allein miteinander waren. Mit locker gefalteten Händen beugte er sich vor und starrte in das Herz der brennenden Baumstämme. Natürlich wusste sie es. Alle Frauen wissen, wann sie geliebt werden. Nein. Der Baumstamm fiel auseinander und seine brennende Flamme glühte kräftig und rot. Sie hätte es nicht gewusst, sonst hätte sie ihn nicht nach Elmwood eingeladen. So wie sie jeden anderen einsamen Mann fragen würde, an dem sie ein freundliches Interesse verspürte, hatte sie ihn gefragt, und bis jetzt war ihr Zuhause die Liebe ihres Lebens. Auf tausend Arten hatte er es gefühlt, gesehen, verstanden; und der Mann, der sie daraus befreien wollte, musste in ihr das erwecken, was bisher noch schlief.

Die vergangenen Tage waren schrecklich glücklich gewesen. Vor anderen leichtes Gelächter und fröhliche Worte. In seinem Herzen lag Hingabe und Nachgiebigkeit, und vor ihm stand immer die Notwendigkeit des

Schweigens, bis er wiederkommen konnte, und er musste gehen, damit er wiederkommen konnte.

Eins nach dem anderen zogen Bilder von jüngsten Erlebnissen vor ihm vorbei, Erfahrungen eines einfachen, glücklichen, heimeligen Lebens; und Dinge, an die er fast vergessen hatte zu glauben, erschienen ihm wieder real und wahr. Ein neuer Sinn für Werte, ein neues Verständnis für das Wesentliche des Lebens war wiedergeboren; und etwas Kaltes und Zynisches hatte sich erwärmt und gemildert.

In der großen Halle hatte er den anderen geholfen, die duftende Fichtenkiefer aufzustellen, die bis zur Decke reichte, hatte geholfen, sie inmitten fröhlichen Geplappers und fröhlicher Verwirrung zu schmücken, hatte geholfen, die unzähligen Geschenke für den morgigen Fund zu verstecken; und hatte am Weihnachtsmorgen ebenso eifrig den Inhalt seines Strumpfs weggeworfen wie Jack und Janet oder die Männer, die aus dem geschäftigen Stadtleben gekommen waren, um wieder Jungen zu sein, oder wie Claudia selbst, die nicht sehen konnte, womit ihr eigener gefüllt war, für die ständige Forderung, dass sie hierhin und dorthin kommen und dies und das sehen oder tun sollte, wozu niemand sonst in der Lage war.

Laine rutschte in seinem Stuhl weiter nach unten, stellte seine Füße auf den Kotflügel und sah mit halb geschlossenen Augen weitere Bilder im Feuer. Die graue Dämmerung des Weihnachtsmorgens brach wieder an, und es schien ihm, als würde er die klare, kindliche Stimme unter seinem Fenster hören. Im Halbschlaf hatte er sich gerührt und gefragt, was es war, dann hatte er sich aufgesetzt, um zuzuhören. Die urigen Texte der alten Weihnachtslieder kannte er gut, aber er hatte sie noch nie so gesungen gehört, wie Gabriel sie sang. Schrill und süß in der klaren, kalten Luft, die Stimme klang zuerst weit weg und dann ganz nah, und er wusste, dass der Junge unter jedem Fenster auf und ab ging, das alle gleichermaßen hören konnten.

Als Josef umherging,
hörte er die Engel singen: „Heute Nacht wird unser himmlischer König geboren werden."

Hier und da, in einem Vers aus einem Weihnachtslied, der fast in einem Atemzug mit einem anderen verbunden war, ging er von folgendem aus:

Gott schenke Ihnen Ruhe, frohe Herren.
Lassen Sie nichts Sie beunruhigen. Denken Sie daran, dass Christus, unser Erlöser ,
am Weihnachtstag geboren wurde.

Zu

Wir sind keine täglichen Bettler,
die von Tür zu Tür betteln, sondern wir sind die Kinder des Nächsten, die
du schon einmal gesehen hast.

Er hatte über die Mischung der Verse gelächelt und war aufgesprungen, denn
Jim war hereingekommen, um das Feuer anzuzünden, und aus seinem breit
grinsenden Gesicht strahlte „Christmas Gif", wenn von seinen Lippen, um
den Befehlen zu gehorchen, ihre Äußerung zurückgehalten wurde. Eine
halbe Stunde später ertönte das Hämmern kindischer Fäuste an seiner Tür,
und Janets lispelnde Stimme rief mit fester Stimme:

„ Oh, Mither Laine , Santa Clauth ist gekommen und dein Strumpf ist unten
. Bitte , beeil dich !

Hand in Hand waren sie in das Esszimmer mit seinem üppig gedeckten Tisch
und den am Kaminsims hängenden Strümpfen gegangen, und der Chor der
herzlichen Begrüßungen und des herzlichen Händeschüttelns hatten sein
Herz höher schlagen lassen als das eines Jungen.

Der Tag war schnell vergangen. Das schwule Frühstück; das Auspacken von
Bündeln; die Schlittenfahrt zur Kirche, wo der Gottesdienst nicht so lange
dauerte wie das scheinbar gesellige Treffen danach; das üppige Abendessen
mit gedecktem Tisch wie in alten Zeiten und nicht im modernen Stil eleganter
Leere; der kurze Nachmittag – bald war alles vorbei, und der Abend war noch
schneller vergangen.

Die knisternden Holzscheite und tanzenden Flammen im riesigen,
altmodischen Kamin in der Halle, der Baum mit seinen unzähligen
brennenden Kerzen, die vielen Gäste von einem Landkreis zum anderen, das
köstliche Abendessen und der schäumende Eierlikör und, zu guter Letzt ,
alles , die Virginia-Rolle tanzte in den riesigen Salons und angeführt von
Colonel Bushrod Ball und Madam Beverly, die seit ihrer Hochzeit vor etwa
sechzig Jahren keinen Weihnachtsabend in Elmwood verpasst hatte, schuf
eine Erinnerung, die ein Leben lang anhält, eine Erinnerung mehr als schön,
wenn … Er holte tief Luft. Es sollte kein „Wenn" geben.

Im Laufe der Tage und Abende der folgenden Tage hatte es jedoch kein
einziges Wort mit Claudia gegeben. Sie hatte ihn zu den Prossers
mitgenommen , aber Jack und Janet waren mit ihnen gegangen, und draußen
und drinnen war immer jemand anderes da. Geschah dies mit Absicht?

Er beugte sich vor und warf ein paar Holzscheite ins Feuer. Das Zimmer war
kalt. Als das Holz sich verfestigte und sich die Namen um die raue Rinde
wanden, warf das große Testerbett mit seinen geschnitzten Pfosten und dem
Volant aus weißem Musselin lange Schatten durch den Raum, und in ihren
Messingkerzenhaltern flackerte das Kerzenlicht unregelmäßig vom
Kaminsims auf. Er berührte sanft die Stechpalmenschale mit seinen

scharlachroten Beeren und warf blasse Farbschimmer auf die polierten Paneele des alten Mahagoni-Kleiderschranks an der gegenüberliegenden Wand. Einen Moment lang beobachtete er das Spiel von Feuer und Kerze, dann stand er auf und begann, auf dem teppichlosen Boden auf und ab zu gehen. Schreiben war eine schlechte Waffe, um das Herz einer Frau zu gewinnen. Vielmehr würde er ihr von seiner Liebe erzählen, sie bitten, seine Frau zu sein, und sie, wenn sie ihn heiraten wollte, dazu zwingen, zu sagen, wann; aber er konnte nicht so schnell kommen, wie er schreiben konnte. Er musste gehen, um ihr zu sagen, was nicht länger vorenthalten werden durfte. Unentschlossenheit war schon immer unerträglich gewesen, und Unsicherheit konnte er nicht ertragen. Ohne sie wäre das Leben – wieder schaute er ins Feuer – ohne sie wäre das Leben kein Leben.

XX
CLAUDIA

Claudia öffnete die Vorhänge ihres Schlafzimmerfensters, hielt sie beiseite und schaute auf die Szene vor ihr, voller Liebe, voller Wunder und Schönheit.

Auf dem breiten, terrassenförmig angelegten Rasen lag der frisch gefallene Schnee ununterbrochen, und jeder kristallüberzogene Ast und Zweig der großen Bäume darauf glänzte im Mondlicht, als ob er aus Glas bestünde. In der Ferne schien der Fluss zwischen seinen niedrigen Hügeln ein leuchtender, gewundener Pfad aus Silber zu sein, und darüber hing der Mond weiß, klar und leidenschaftslos. Das Geheimnis der Stille, die Majestät der ewigen Dinge, brütete leise; und mit einer plötzlichen Bewegung ihrer Hände hielt Claudia sie wie im Gebet.

„Auf der ganzen Welt gibt es keinen Ort wie diesen – für mich. Es ist mein Ort. Meine Arbeit ist hier. Ich konnte – konnte nicht!"

Mit einem leichten Atemzug, der halb Seufzer, halb Schauer war, verließ sie das Fenster und rückte ihren Stuhl dicht an das Feuer. Lange blickte sie in die tanzenden Tiefen, und nach und nach wurden ihre Augen so schmal , dass ihre langen Wimpern ihre flammenroten Wangen berührten. Nach einer Weile stand sie auf, ging zu ihrem Schreibtisch, nahm mehrere Briefe heraus, die in einer kleinen Schublade verschlossen waren, ging zurück zum Feuer und schaute noch einmal hinein.

Die mädchenhafte Anmut ihrer Figur in ihrem schlichten Kleid aus sanftem Blau, das am Hals offen war und die Rundungen des schönen Halses zeigte, wurde durch die unbewusste Entspannung ihres Körpers betont, als sie sich einen Moment lang gegen den Kaminsims lehnte; und die Claudia, zu der alle Orientierung suchten, die Claudia, die wenig Geduld mit zögerlichen Unentschlossenheiten und keine mit krankhaften Selbstbefragungen hatte, suchte mit unsicheren und ängstlichen Augen die aufspringenden Flammen ab.

Ein leises Geräusch im Flur ließ sie unruhig zusammenfahren. Sie wollte heute Nacht nicht gestört werden. Sie drehte den Kopf und lauschte. Die Ecken des großen Raums mit der hohen Decke, seinen altmodischen Mahagonimöbeln, seinen Bücherregalen, seinem geschnitzten Schreibtisch mit urigen Mustern und seinen vielen Anklängen weiblicher Wohnlichkeit lagen nur hier und da im Schatten Der Schein des Feuers schoß auf einen Stuhl, einen Tisch oder ein Stück Wand, tanzte aber wieder davon, und die Stille wurde nicht unterbrochen, bis auf das Knistern der Holzscheite auf dem Herd.

Sie zog die Lampe auf dem Tisch näher heran, setzte sich und nahm aus den geöffneten Umschlägen zwei Briefe, einen an ihre Mutter und einen an ihren Onkel Bushrod Ball; und als sie sie las, wurde die Röte in ihrem Gesicht tiefer, dann erblasste sie, und sie biss sich auf die Lippe, um das Zittern zu verbergen. Sie legte sie beiseite, hielt einen Moment lang mit leicht zitternden Händen einen weiteren Brief und begann dann, ihn zu lesen:

„ 30. Dezember.

„Ich kann nicht länger warten, Claudia. Worte sind nicht für Liebe wie meine da; aber du, der ihr Leben gegeben hast, wirst sie ohne Worte verstehen. Ich glaubte, ich hätte ihn von mir verbannt – den Gedanken an die Ehe –, denn fast hätte ich ihn verloren Mein Glaube an die Liebe, nach der ich suchte, und mit Kompromissen konnte ich mich nicht zufrieden geben. Vielleicht hatte ich kein Recht, um das zu bitten, was nur wenige im Leben finden, aber ich habe darum gebeten, und als du kamst, wusste ich, dass mein Traum wahr geworden war. Willst du mich heiraten, Claudia? Ich liebe dich so unendlich, will dich, brauche dich, dass die Tage, die vor mir liegen, bis ich dich gewinne – denn ich werde dich gewinnen – dunkel und gefürchtet sind. Deine ganze Liebe, ihr höchstes Bestes, ich aber wenn du mir für mein, das über alle Maßen geht, jetzt nur wenig geben kannst, gib es und lass mich zu dir kommen. Ich muss kommen. Ich komme. Und glaub mir immer. Dein,

„WINTHROP LAINE."

Claudia lehnte sich in ihrem Stuhl zurück, schloss die Augen und drückte ihre Hände fest darauf. Eine Zeit lang saß sie so da, dann nahm sie den letzten Brief   und   las   auch   diesen.

„ 31. Dezember.

„Es ist nur noch eine Stunde vor Mitternacht, Claudia. Bald ist das neue Jahr bei uns und das alte ist vorbei – das Jahr, das dich zu mir gebracht hat. Fast das Jahr war vergangen, bevor ich dich traf, aber Zeit ist mehr als Tage und Wochen, und die unserer gemeinsamen Zeit war das wahre Leben meines Lebens. In der Stille meines Zimmers lasse ich mein Buch fallen und träume, dass du bei mir bist. Auf der Straße eile ich nach Hause zu dir; und einmal blieb ich stehen und kaufte dich Blumen – und warf sie in der Dunkelheit weg. Dich wirklich hier zu haben, zu wissen, dass du wartest –

„Das neue Jahr ist gekommen, Claudia. Die Glocken schlagen die Stunde. Es muss, es soll dich zu mir bringen. Ich verlange viel, wenn ich dich bitte, mich zu heiraten, dein Zuhause zu verlassen, um ein Zuhause für mich zu schaffen. Dein Die grenzenlose Liebe zu Elmwood ist gut zu verstehen. Sein altmodischer Hauch von Würde und Charme, von liebenswürdiger Höflichkeit und guten Freundschaften, von stolzen Erinnerungen und sanftem Frieden könnte anderswo auf der Erde kaum ein Gegenstück finden, und doch würde er in den kommenden Tagen zufrieden sein Allein, Claudia? Könnte es sein, dass ich dich so sehr brauche? Könnte es nicht auch ein kleines Bedürfnis nach mir geben? Sage mir, dass ich kommen kann; aber ob du es mir sagst oder nicht, ich komme.

„WINTHROP LAINE.“

Claudia steckte die Seiten wieder in ihren Umschlag. Auf dem Herd brannte das Feuer schwach, und sie schlüpfte aus ihrem Stuhl, setzte sich auf den Teppich und streckte zitternd ihre Hände der roten Asche entgegen, die langsam grau wurde. Die Gewohnheit ihrer Kindheit hatte sie übernommen, und zitternd redete sie mit sich selbst:

„Du hättest ihn nicht bitten sollen, zu Weihnachten zu kommen! Aber wie hätte ich das wissen sollen? Ich dachte nur, er wäre einsam. Er kümmert sich um so wenige Menschen und hat trotz all seiner Weisheit so wenig Verständnis für viele Dinge im Leben. Das ist er.“ so intolerant gegenüber Schwäche und Gemeinheit, gegenüber Vortäuschung und Zurschaustellung und Vortäuschung und Vortäuschung – deshalb magst du ihn, und das weißt du, Claudia Keith! Du hättest ihn nicht fragen sollen. Du wusstest es nicht – aber du wusste es, bevor er wegging. Und er kommt zurück. Langsam stand sie auf. „Nein. Er kommt nicht zurück. Das heißt, noch nicht, er kommt nicht zurück. Du bist nicht sicher. Bist du froh?“ Im Spiegel über dem Kaminsims begegnete sie ihrem Blick unerschrocken. „Ja, ich bin froh“, sagte sie und ihre Lippen wurden weiß. „Ich bin froh, aber ich bin mir nicht sicher.“ In ihren Augen lag eine seltsame Anziehungskraft. „Vermont und Virginia! Könnten wir glücklich sein? Wir sind so unterschiedlich – und doch – Vielleicht im Frühling … Die Wintermonate sind sehr lang. Oh, Winthrop Laine!“ Sie drückte ihre Hände auf ihr Herz, als wollte sie dessen plötzliches Pochen lindern, dann griff sie nach seinem Brief und küsste ihn. „Ich frage mich, ob ich erfahren werde, was Lonely Land bedeuten kann!“

XXI EIN
BESUCH VON DOROTHEA

Dorothea machte es sich auf dem Schoß ihres Onkels bequemer. „Sie sollten auf jeden Fall dankbar sein, dass Sie es noch nie hatten", sagte sie. „Es ist schlimmer, als ein Aussätziger zu sein. Ich war noch nie ein Aussätziger, aber wenn man das ist, kann man rausgehen, so steht es in der Bibel, und die Leute gehen auf der anderen Seite einfach an einem vorbei und lassen einen in Ruhe. Mit Diphtherie sie lass dich nicht in Ruhe. Leprakranke sind nur Ausgestoßene, aber Diphtherien – was sind Menschen, die an Diphtherie leiden? – nun, was auch immer sie sind, sie sind eingeboren und niemand kann sie sehen außer den Krankenschwestern und dem Arzt und deinen Eltern . Der Arzt sagte, Vater dürfe nicht in mein Zimmer kommen, da er zu seinem Geschäft gehen müsse, und Vater sagte ihm, er solle zum Teufel gehen – ich habe ihn gehört. Ich liebe es einfach, wie Vater redet, wenn er wütend ist. Ich konnte nicht Ich hätte die langen Tage nicht überstanden, wenn nicht du und Vater jeden Abend reingekommen wären. Sie machen sicher eine Menge Dinge, wenn man ansteckend ist. Alles, wovon man isst und trinkt, muss gekocht und gekocht werden gedünstet, und das, was ihr angespuckt habt, ist verbrannt, und die Wände sind abgewaschen, und noch mehr Torheit!" Dorotheas Augen verdrehten sich und ihre Stimme war eindringlich. „Ich glaube an vieles nicht, Onkel Winthrop. Ich war nicht wirklich krank und hatte nur ein ganz kleines bisschen Schmerzen im Hals; und wenn ich gewusst hätte, was sie mit mir machen würden Ich wäre einer dieser Wissenschaftschristen gewesen und hätte es für mich behalten."

„Aber angenommen, Sie hätten es Channing gegeben?" Dorotheas Onkel setzte Dorothea fester auf seinen Schoß. „Manche sehen darin nur die Torheit der Weisheit, aber wenn Channing bei Ihnen Diphtherie bekommen hätte ..."

„Ich glaube nicht, dass er an Diphtherie gelitten hat. Wenn ich ein armer Mensch gewesen wäre , hätte es nur Halsschmerzen gegeben, und ich hätte etwas Frieden gehabt. Timkins sagt, sein kleines Mädchen sei viel kränker gewesen als ich." war, und ihre Mutter hat sie die ganze Zeit gestillt, und sie wurde lange vor mir gesund. Sind wir sehr reich, Onkel Winthrop?"

„Sie sind keine Milliardäre. Ihr Vater hatte Glück und hat etwas Geld verdient –"

„Ist es ein Glück, Geld zu verdienen? Natürlich mag ich schöne Dinge, aber viele von uns Kindern fühlen sich wie" – Dorotheas Arme wedelten, als wollte sie sich von unsichtbaren Fesseln befreien – „fühlen uns wie chinesische Kinder. Unsere Füße sind nicht wirklich gefesselt." , sicher, aber wir können nicht machen, was wir wollen. Manchmal möchte ich einfach so schnell rennen wie ein Rennpferd und so laut brüllen wie die armen Kinder im Park. Ich hasse Vorschriften und anständige Dinge. Wenn Vater es tun würde Meinst du, wir müssten, wenn wir sein Geld verlieren, für alles, was wir tun, eine besondere Zeit haben? Ins Bett gehen und aufstehen und essen und Lektionen sagen und Lektionen lernen und Lektionen nehmen und rausgehen und reinkommen , und dich in einen dunklen Raum legen und wieder Auto fahren oder spazieren gehen, und zwischen all dem, was du tust, ziehst du dich wieder neu an und rennst *niemals* , kletterst nicht auf Bäume oder zerreißt deine Kleidung und hast einfach nur Spaß? Ich liebe Dreck. I Ich muss so vorsichtig mit meinen Fingernägeln und meiner Kleidung sein, dass ich, wenn ich jemals Kinder habe, sie einfach in den Dreck legen und darin wälzen und so viel Lärm machen lasse, wie sie wollen. Mutter sagt, eine laute Stimme sei so unelegant. Das gilt auch für Affektiertheit , denke ich, und ich wurde nicht mit einer sanften Stimme geboren. Manchmal schreie ich Channing nur an. Ich mache es mit Absicht. Ich bin wie Vater. Ich habe es satt, elegant zu sein. Hast du nirgendwo Süßigkeiten, Onkel Winthrop? Mutter sagte, ich könnte ein paar Stücke haben, wenn keine Nüsse drin wären.

Laine griff nach einer Schublade in dem mit Büchern gestapelten Tisch, an dem er saß. „Wenn ich gewusst hätte, dass ich heute Nachmittag die Ehre eines Besuchs von Ihnen haben würde, wäre ich besser auf Unterhaltung vorbereitet gewesen. Ich fürchte, diese Süßigkeit ist nicht besonders gut. Sie liegt seit Ihrem letzten Besuch hier und –"

„Das ist zwei Monate her. Wir kamen erst im Februar aus Florida zurück, und im März wurde ich krank, und dann fuhren wir nach Lakewood, und jetzt ist Mai. Mutter kann nicht verstehen, wie ich krank geworden bin", sagt sie Sie versucht so sehr, uns vor Krankheiten zu bewahren, und sie kommen trotzdem. Ich wünschte, ich müsste nicht gebildet werden und Dinge herausfinden – Mutter weiß viel; aber es macht sie so nervös. Manchmal bin ich lieber krank als Angst Ich habe meiner Mutter versprochen, dass ich nichts essen würde, was Caddy mir gegeben hat, wenn sie mich zu dir kommen ließe, aber ich glaube nicht, dass es ihr etwas ausmachen würde, wenn ich es mit nach Hause nehmen würde ein paar dieser kleinen Kuchen, die Caddy mit Mandeln backt. Glaubst du, sie hat welche?"

„Das konnte ich nicht erraten. Ich rufe an und finde es heraus."

"Ich werde sie fragen." Dorothea rutschte vom Schoß ihres Onkels. „Ich bin in einer Minute zurück", und bevor Laine den Knopf drücken konnte, der Moses bringen würde, war sie verschwunden. Fünf Minuten später war sie zurück, in ihren Händen hielt sie eine große Pappschachtel, die schwerfällig mit einer roten Schnur verschnürt war, und als sie sie auf den Tisch stellte , tätschelte sie sie zufrieden.

„Das ist für Channing", sagte sie, lehnte sich halb gegen den Tisch und trommelte mit den Fingerspitzen darauf. „Caddie hatte keinen Kuchen. Sie sagt, du mochtest früher Süßes, und früher war es eine Freude, für dich zu kochen; aber wenn dir jetzt etwas schmeckt, das du isst, gestehst du es ihr nie. Sie sagt, du isst, aber Du weißt nicht, wie das, was du isst, heißt, und eins ist das gleiche wie das andere. Ich glaube, ihre Gefühle werden verletzt, Onkel Winthrop."

"Ist das so? Es tut mir leid. Caddy ist ein verwöhntes Wesen. Ich habe die englische Sprache schon vor langer Zeit erschöpft, um ihre Bemühungen zu loben. Nichts ist so ermüdend wie die ständige Forderung nach Lob, und Caddies Fähigkeiten sind unerschöpflich. Es tut mir leid Sie hatte keine kleinen Kuchen.

„Sie wird morgen welche machen und sie mir schicken. In dieser Schachtel ist Popcorn." Dorothea hielt dieses hoch und schüttelte es. „Moses hat es aus Virginia mitgebracht. Es sind die schlauesten kleinen Ohren, die du je gesehen hast. War es nicht nett von Moses, an uns zu denken und es mitzubringen? Natürlich wusste er nicht, dass wir so lange weg sein würden und so." Ich würde krank werden und er würde mich erst im Frühjahr sehen; aber es ist ein Ding, das hält, und je trockener es ist, desto schöner ist es, sagt er. Was ist das für ein Bild da drüben, Onkel Winthrop? Es ist sehr hässlich ."

Laine warf einen Blick auf das Bild, auf das Dorothea zeigte. „Das ist ein Jan Steen – ‚The Village Fair'. Tut mir leid, dass es dir nicht gefällt. Du denkst auch, dass Botticelli hässlich ist. Etwas später im Leben könnte es deine Zustimmung finden. Das Original ist unbezahlbar."

„Viele unschätzbare Dinge sind nicht schön. Ich erwarte nie, ein kultivierter Mensch zu sein. Mutter zwingt mich, wenn wir in Europa sind, in all diese alten Galerien und Museen zu gehen und mir viele zerbrochene Bilder anzusehen und zerbrochene Statuen und geschnitzte Dinge, und möchte, dass ich sie für schön halte, aber das tue ich nicht. Einige von ihnen sind abscheulich, und ich werde es so leid, wenn mir gesagt wird, dass ich sie bewundern muss, dass ich meistens innerlich eine Grimasse verziehe Während ich entlanggehe, mache ich natürlich keine Zeichen, draußen mache ich um Mutters willen keine Zeichen. Ich bin eine große Enttäuschung für Mutter. Als wir das letzte Mal in Italien waren, hatten wir eine Künstlerführerin. Sie nutzte sie so wütend auf mich zu werden, dass sie mich einmal geschüttelt hat. Vater hätte sie getötet, wenn sie keine Dame gewesen wäre, und danach sind er und ich immer alleine ausgegangen und haben die großartigsten Zeiten gehabt. Er hat es mir einfach gezeigt Ich mache damals ein paar Bilder und erzähl mir alles darüber, und einige davon habe ich einfach geliebt. Mutter sagt, du hast so viele schöne Dinge, Onkel Winthrop, und dass es eine Schande für einen Mann ist, sie alle alleine zu haben. Sie sah sich im großen Raum um und nahm wieder auf dem Schoß ihres Onkels Platz. „Manche Dinge gefallen mir hier, andere nicht. Du hast eine Menge Bücher, nicht wahr?"

„Zu viele, fürchte ich. Hätten Sie etwas dagegen, wenn ich rauchen würde?" Laine griff nach einer Zigarre aus der Schachtel auf dem Tisch und hielt sie zwischen seinen Fingern.

"Darf ich?"

„Natürlich. Ich hoffe aber, dass ich es nicht vergesse und dich küsse. Ich bin so geneigt, wenn ich rede, wenn ich eine Person mag. Tabak ist so bitter. Ich sage dir, was ich denke." Es ist die Sache mit diesem Zimmer. Es ist – es ist –" Sie sah sich vorsichtig um. „Es ist etwas, das nicht darin steht. Ich weiß nicht, was es ist. Warum heiratest du nicht, Onkel Winthrop? Vielleicht würde deine Frau es wissen."

Laine legte die nicht angezündete Zigarre wieder auf den Tisch, und Dorotheas Hände, die eine seiner Hände streichelten, wurden von ihr gepackt und festgehalten.

„Daran zweifle ich nicht. Das Problem besteht darin, die Frau zu bekommen."

Dorothea saß aufrecht. „Die Idee! Ich hörte Miss Robin French neulich sagen, die Art und Weise, wie unverheiratete Männer verfolgt würden, sei ungeheuerlich, und sie hätten nur still stehen und ein wenig krähen müssen, und schon würden alle möglichen Hühner gackernd auftauchen. Kleine und Große und Junge und Alte, und – Sag es niemandem, aber ich glaube, sie würde auch kommen!" Dorotheas Hände ballten sich und sie lachte fröhlich. „Vater sagt, wenn Miss Robin aufgeben würde, würde sie hoffen, dass sie glücklicher wäre." Plötzlich wurde ihr Gesicht ernüchternd. „Versuchen alle Damen, einen Mann zu heiraten, Onkel Winthrop?"

„Das tun sie mit Sicherheit nicht." Laine lächelte Dorothea ins Gesicht, und vor den klaren Augen des Kindes wandten sich seine eigenen, voller müder Schmerzen, ab. „Viele von ihnen brauchen sehr lange, bis sie sich für eine Heirat entscheiden."

„Haben Sie schon einmal jemandem einen Heiratsantrag gemacht?"

Laine antwortete nicht. Dorotheas Frage blieb ungehört. Seine Gedanken waren woanders.

"Hast du?"

„Habe ich was?“

„Haben Sie schon einmal eine Dame um ein Vielfaches gebeten?“

"Ich habe."

Die Hand, die Dorothea gestreichelt hatte, wurde fallen gelassen. Sie sprang auf und stellte sich vor ihn, die Hände in starrer Erregung auf ihrer Brust verschränkt.

„Wann“ – ihre Stimme hob sich vor zitternder Freude – „wann wird sie es tun, Onkel Winthrop?“

„Ich weiß es nicht. Sie hat nicht gesagt, dass sie es überhaupt tun würde.“

„Nicht gesagt – sie würde – dich – heiraten!“ Die Freude hatte sich in schrille Empörung verwandelt, und Dorotheas Augen leuchteten strahlend. „Ist sie eine verrückte Frau?“

"Sie ist nicht."

"Warum dann?"

„Sie ist sich nicht ganz sicher, ob sie … Das ist kein Grund zum Reden, Dorothea.“ Er zog sie erneut auf seinen Schoß und löste ihre geballten Finger. „Wir sind gute Freunde, du und ich, und ich habe dir gesagt, was ich noch keinem anderen erzählt habe. Für mich ist es egal, wer es weiß, aber bis sie sich entscheidet, werden wir nicht noch einmal darüber reden. Du.“ Verstehst du, nicht wahr, Dorothea?“

„Ich verstehe, dass sie sehr wenig Verstand haben muss. Ich verstehe nicht, wie man eine Dame heiraten möchte, die nicht gleich im ersten Moment wusste, dass sie dich heiraten wollte. Kenne ich sie? Onkel Winthrop?“

"Du tust."

Einen Moment lang herrschte Stille, die nur durch das Ticken der Uhr auf dem Kaminsims unterbrochen wurde. und langsam drehte sich Dorothea zu ihrem Onkel um, ihre großen braunen Augen waren besorgt und unsicher. Einen halben Moment lang sah sie ihn an, dann warf sie ohne Vorwarnung ihre Arme um seinen Hals und verbarg ihr Gesicht an seinem.

„Ist – ist – es Claudia, Onkel Winthrop?“ Sie flüsterte. „Ist – es – meine Cousine Claudia?“

„Es ist – deine Cousine Claudia.“

Das Zittern in Laines Stimme war außer Kontrolle, und er hob das Gesicht des Kindes und küsste es. „Ich habe sie gebeten, mich zu heiraten, Dorothea, aber sie hat es noch nicht versprochen.“

Auf Dorotheas Wangen leuchteten zwei brennende rote Flecken hell auf. Sie ließ sich vom Schoß ihres Onkels fallen und holte tief Luft. „Ich wusste, dass sie wegen irgendetwas seltsam sein muss“, sagte sie und ihre Finger verschränkten sich vor zitternder Erregung. „Sie war zu nett, um es nicht zu sein, aber ich hätte nicht gedacht, dass sie so seltsam sein würde. Die Idee, es nicht sofort zu versprechen! Ich weiß, was los ist. Es ist ihr Zuhause und ihre Mutter und all die Dinge, die sie hat macht in dem Land, das sie nicht aufgeben will. Warum gehst du nicht dorthin und machst sie, Onkel Winthrop?“

„Sie bittet mich, nicht zu kommen – noch nicht. Es gibt kein Hotel und –“

„Schreibt sie dir?“

Laine lächelte in die eifrigen Augen. „Ja, sie schreibt mir.“

Wieder herrschte Stille und plötzlich erklang ein seltsamer Laut von Dorothea. „Ich kann nicht anders, Onkel Winthrop! Sie kommen! Wäre es nicht großartig, denn sie wird es tun, ich weiß, dass sie es tun wird, und ich bin so froh, dass ich nicht – nicht anders kann –“ Und Große, glückliche Tränen rollten über Dorotheas Gesicht, das sich eng an Laines Gesicht drückte, während er sie fest an sein Herz drückte.

In dieser Nacht, als das ganze Haus still war und alle schliefen, schlüpfte Dorothea aus dem Bett, kniete danebem nieder, faltete die Hände und begann zu beten.

„O Herr“ – ihre Stimme war ein hohes Flüstern – „bitte bringen Sie meine Cousine Claudia zur Besinnung und versprechen Sie meinem Onkel Winthrop, dass sie ihn sofort heiraten wird. Sie lebt in Virginia. Ihr Postamt ist Brooke Bank, und sie ist es auch.“ ein furchtbar netter Mensch, aber Vater sagt sogar: „Du weißt nicht, warum Frauen manchmal das tun, was sie tun, und ein Mann natürlich nicht.“ Bitte bring sie dazu, ihn so sehr zu lieben, dass sie ohne ihn einfach sterben würde, und lass sie schreiben Er soll schnell kommen. Schenke ihr reichlich Verstand aus der Höhe und erfülle sie mit himmlischer Dankbarkeit und mache sie zu meiner Tante für immer und ewig. Amen.“

Sie stand auf, kletterte ins Bett und schloss fest die Augen. „Französische Gebete sind keinen Cent wert, wenn man etwas möchte, und zwar schnell“, sagte sie halb laut. „Und wenn es dir ernst ist, musst du sofort auf die Knie gehen. Ich weiß nicht, was ich tun würde, wenn ich nicht in einfachem Englisch mit dem Herrn sprechen könnte. Ich hoffe, dass er antworten wird, denn wenn Er tut es nicht. Ich könnte sicherlich nicht sofort sagen: „Dein Wille geschehe.“ Ich würde sagen, ich dachte, meine Cousine Claudia hätte sehr wenig Verstand.“

Winthrop Laine hob die verschlungenen Ranken hoch, die über den mit Sträuchern gesäumten Weg hingen, der über den abfallenden Rasen an der Rückseite des Hauses zum Rosengarten am Fuße des Hauses führte, und hielt sie fest, damit Claudia hindurchgehen konnte.

„Sie sollten beschnitten werden." Sie blieb stehen und löste eine lange Ranke aus ineinander verschlungenem Geißblatt und Brautkranz, die sich in ihrem Haar verfangen hatte. „Alles sollte geschnitten und repariert werden, nur –"

„Es wäre unverzeihlich. Wenn jemand versuchen sollte, diesen Garten zu verändern, sollte der Tod die Strafe sein. So altmodische Blumen wie hier sieht man selten, niemals an modernen Orten."

„Niemand weiß, wann viele von ihnen gepflanzt wurden, und nichts kann ihnen schaden." Claudia bückte sich und pflückte ein paar Veilchen und Maiglöckchen vom Boden, die um den Stamm einer riesigen Ulme am Ende des Weges wuchsen, und schaute dann nach oben.

„Gehen wir noch nicht zu den Rosen. Ich möchte sehen, was die Sonnenuhr sagt. Auf diesem Weg traf meine Urgroßmutter meinen Urgroßvater immer ab, als sie ein Mädchen war. Ihre Eltern wollten, dass sie es tut jemand anderen heiraten . Sie schlüpfte aus dem Haus und den Weg hinunter zu diesem großen Magnolienbaum, von wo aus sie sehen und nicht gesehen werden konnte, und von dort aus planten sie, wegzulaufen."

„Wir werden dorthin gehen. Es scheint ein sehr schöner Ort zu sein, an dem man Pläne schmieden kann."

Claudias Gesicht errötete schnell, und für einen Moment zog sie sich zurück. „Oh nein! Es ist heute zu schön, um irgendwelche Pläne zu schmieden. Es reicht aus, einfach – zu leben. Du hast noch nicht die Hälfte von Elmwood gesehen und möchtest über – andere Dinge reden."

„Das tue ich auf jeden Fall." Laine trat einen Schritt zurück, damit Claudia den Pfad entlang führen konnte, der so hoch von der Kiste umrahmt war, dass die Menschen draußen nicht gesehen werden konnten, und lächelte in das protestierende Gesicht. Noch ein paar Augenblicke später waren sie auf dem Rasen vor dem Haus auf der linken Seite des Hauses angekommen, ein Stück unterhalb der Terrasse, von der aus man den Fluss überblicken konnte, und als sie eine Gruppe ausladender Magnolien erreichten, holte er tief Luft.

„Ich wundere mich nicht, dass du es liebst. Und ich bitte dich, es zu verlassen!"

Sie schaute hoch. „Komm, ich möchte dir einige der alten Dinge zeigen, die teuren Dinge, und dann –"

„Wir kommen zurück und du wirst mir sagen, was ich wissen muss, Claudia?"

Sie nickte und zog die Glöckchen aus dem Maiglöckchen, das sie in ihren Händen hielt. „Wir werden zurückkommen und – ich werde es dir sagen."

Eine Stunde lang wanderten sie im sanften Schein der Sonne, die jetzt am Himmel versinkt, durch das Gelände und die einzelnen Gärten des alten Anwesens, jetzt entlang der langen Allee, die von großen, mehr als hundert Jahre alten Ulmen beschattet wird. Jetzt umrundeten sie den Rasen mit seinen Beeten aus tränenden Herzen und Schneeglöckchen, aus Mauerblumen und süßem William, aus Hyazinthen und Tulpen, mit ihren Rändern aus Veilchen und Schlüsselblumen, aus Schleifenblumen und Eisenkraut, und an der alten Sonnenuhr blieben sie stehen und lese die Stunde. Sie pflückten einen Armvoll Flieder, Kalikanthus , Schneebälle und blaue Fahnen, die in der Zeit gepflanzt worden waren, als die großen Bäume noch winzige Setzlinge waren, und schickten sie mit Gabriel hinein, der ihnen in einiger Entfernung folgte, leise auf seiner Trompete blies und einige Minuten lang stehen blieb vor dem Haus und sah zu, wie die Sonne hier und da die alten Ziegel berührte, die in flämischer Bindung verlegt waren; Dann ging er zurück und setzte sich auf den niedrigen Sitz unter der großen Magnolie, von der aus man den Fluss sehen konnte und über dem hin und wieder ein weißes Segel zu sehen war.

Hinter ihnen sank die Sonne. Die Masse aus wechselndem Gold und Blau und Purpur und Blassviolett verlor nach und nach ihre strahlende Pracht, und langsam senkte sich sanfte Dämmerung über Land und Himmel, und nur hier und da war der Gesang und das Zwitschern der Vögel zu hören, die sich auf die Nacht vorbereiteten .

Für einige Momente herrschte Stille, und dann hielt Laine in seiner Laine die Hände von Claudia.

„Es ist eine Wunderwelt, diese alte, alte Welt von dir mit ihren vielen Dingen, die wir vergessen haben. Und doch – du wirst zu mir kommen? Bist du dir endlich sicher, Claudia?"

„Ich bin mir sicher – endlich." Sie blickte ihn an. „Ich konnte dich nicht kommen lassen, bis ich wusste, dass kein Zuhause auf der ganzen Welt ohne …"

„Ohne was, Claudia?"

„Ohne – Warum zwingst du mich, es dir zu sagen, wenn du es weißt? Du lässt mich zu viel erzählen."

„Man kann nicht zu viel sagen. Claudia! Claudia!"

Über ihnen zwitscherten die Vögel schläfrig und einer nach dem anderen kamen die Sterne zum Vorschein. Dann löste sich Claudia von ihr und strich ihr geküsstes, vom Wind verwehtes Haar glatt. „Ich bin so ein seltsamer Mensch. Ich denke, das solltest du wissen", sagte sie und richtete ihre leuchtenden Augen erneut auf ihn. „Es gibt sehr viele Dinge, die mir egal sind, und ich glaube nicht, dass es bei vielen anderen Dingen so ist wie manche Leute. Ich musste lange warten, um sicher zu sein."

„Es war sehr grausam, Claudia." Er hob ihr Gesicht zu seinem und lächelte in die bekennenden Augen. „Meine Vergebung beweist das Maß meiner Liebe. Willst du mich als Beweis der Reue im Juni heiraten?"

„Das werde ich auf jeden Fall – nicht!" Wieder zog sie sich zurück. „Jacqueline wird erst im Juli hier sein. Ich habe dir gesagt, dass sie nach Hause kommt, um zu leben. Glaubst du nicht, dass ich meine Mutter verlassen würde, bevor Jacqueline nach Hause kommt?"

"Dann wenn?"

„Im Oktober vielleicht." Langsam kroch die Farbe an ihre Schläfen. „Hier ist es im Oktober so schön. Es gibt im ganzen Jahr keinen Monat, in dem es nicht schaden würde, wegzugehen." Plötzlich standen ihr Tränen in den Augen. „Aber es würde noch schlimmer weh tun, nicht mit dir zusammen zu sein. Die Wintermonate nach Weihnachten waren sehr lang, Winthrop. "

„Was ich nicht mehr zurückhalten konnte? Für Manieren war keine Zeit. Ich musste es wissen."

„Aber du hast es nicht getan, und weil ich es dir nicht sagen konnte. Früher habe ich es immer so schnell gewusst. Um wegzugehen – nur mit dir! Ich musste mir so sicher sein, dass es keinen anderen Weg zum Glück gab." In der Dunkelheit zitterte sie leicht, und Laine zog sie in seine Arme und hielt sie fest.

„Vielleicht" – ihre Stimme war so leise, dass er den Kopf neigen musste, um es zu hören – „Vielleicht habe ich mehr darüber nachgedacht, was es bedeuten sollte – was die Ehe bedeuten sollte –, weil wir von den Dingen getrennt sind, die einen vergessen lassen ..." als ich es vielleicht getan hätte, wenn ich keine Zeit zum Nachdenken gehabt hätte. Es ist für immer, Winthrop, dieses Leben, in das wir eintreten. Sind wir sehr, sehr sicher, dass es Liebe gibt, die für die Ewigkeit ausreicht?"

„Ich bin mir ganz sicher, Claudia." Er hob ihre Hände an seine Lippen und küsste sie. „Für mich wird deine Liebe das Leben zu einem ..."

„Land, das nicht einsam ist?" Sie lachte leise, um das Schluchzen in ihrer Kehle zu verbergen. „Oh, Winthrop Laine, dafür ist die Liebe da! Und niemandes Land ist einsam, wenn es genug Liebe gibt!"